Jonathan Swift est un écrivain anglais né en Irlande Dublin, en 1667. Orphelin de père, il fut d'abord élevé par ses oncles jusqu'à la fin de ses études à Trinity College. Il quitte l'Irlande en 1688, pour l'Angleterre où habite sa mère, et entre comme secrétaire au service de Sir William Temple, membre du Parlement, tout en poursuivant des études de théologie. Sir William meurt en 1699, Swift revient en Irlande en 1700 et mène alors une carrière publique de vicaire, d'écrivain, d'homme politique. Esprit indépendant, il ne fait aucune concession. Son premier livre, *Le Conte du tonneau*, paru en 1704, est une véritable satire des hommes politiques de son époque. De même dans les célèbres *Voyages de Gulliver*, qui paraissent en 1726, il se livre à une critique sévère et désespérée des hommes. Ces récits fantastiques et gorgés d'humour noir obtiennent un vif succès chez les enfants, bien qu'ils s'adressent avant tout aux adultes. Son influence ne cesse de croître, jusqu'en 1713, année de son exil à Dublin

Jonathan Swift meurt en 1745, à demi fou.

Dessinateur et caricaturiste, **Grandville** est l'auteur de près de 3000 dessins gravés, et 1400 dessins et aquarelles.

Il a illustré les ouvrages les plus célèbres de son époque : *Robinson Crusoé* de Daniel Defoe, *Don Quichotte* de Cervantès... son style est souvent fantastique : il se plaisait à représenter ses contemporains sous formes d'animaux, et à donner aux objets les plus usuels des apparences humaines ou animales.

Grandville, de son vrai nom Jean Ignace Isidore Gérard, est né à Nancy en 1803. Il a commencé à publier ses dessins à l'âge de vingt-trois ans, est devenu célèbre vers 1829, a été l'ami d'Honoré de Balzac, et est mort à Paris en 1846.

François Place est né en 1957 et vit dans la région parisienne, à Taverny, depuis 1974. Pendant trois ans, il a étudié l'expression visuelle à l'école Estienne avant de se lancer dans l'illustration. Il travaille pour l'audiovisuel, la presse d'entreprise, la publicité et l'édition. Jusqu'à présent, il n'a guère pris le temps de voyager mais il se promène avec plaisir dans les vieilles gravures, les dessins et les peintures de tous les pays et de toutes les époques. Ce qui lui permet de merveilleux tours du monde.

Pour les éditions Gallimard Jeunesse, François Place a illustré plusieurs livres de la collection Découvertes Cadet, *Le Roi de la forêt des brumes* ainsi que *Le Naufrage du Zanzibar* de Michael Morpurgo dans la collection Lecture Junior et *L'Ile au trésor* de R.L. Stevenson dans la collection Chefs-d'œuvre Universels.

Jonathan Swift

Premier voyage de Gulliver
de Gulliver
Voyage à Lilliput

Traduit de l'anglais
par Émile Pons

Illustrations de Grandville

Gallimard

Chapitre I

L'auteur donne quelques renseignements sur lui-même et sa famille, sur les premiers motifs qui le portèrent à voyager. — Il fait naufrage et tente de se sauver à la nage. Il parvient sain et sauf au rivage du pays de Lilliput. — Il est enchaîné et transporté à l'intérieur des terres.

Mon père avait un petit bien dans le comté de Nottingham. J'étais le troisième de ses cinq fils. Il m'envoya à l'âge de quatorze ans au collège Emmanuel à Cambridge, où je demeurai trois années durant lesquelles je m'adonnais à l'étude avec une grande application. Mais la charge de mon entretien (je ne recevais pourtant de ma famille qu'une très maigre pension) était trop lourde pour des gens de fortune modique : on me mit en apprentissage à Londres, auprès de Mr. James Bates, chirurgien éminent chez qui je demeurai quatre ans. Mon père m'envoyait de temps à autre de petites sommes d'argent que j'employai à l'étude de la navigation, et autres disciplines mathématiques, fort utiles à ceux qui songent à partir en voyage, car je prévoyais que telle devait être tôt ou tard ma destinée. Quand je quittai Mr. Bates, je retournai chez mon père dont la libéralité, jointe à celle de mon oncle John et de

quelques autres parents, me mit en possession de quarante livres et de la promesse de trente livres par an, pour subvenir à mes besoins à Leyde. C'est là que j'étudiai la médecine durant deux ans, sept mois, sachant de quelle utilité me serait cette science au cours de mes longs voyages.

Peu après mon retour de Leyde, je dus à la recommandation de mon bon maître Mr. Bates, l'emploi de chirurgien à bord de l'*Hirondelle*, capitaine Abraham Pannell. Je demeurai trois ans et demi sur ce navire, faisant un voyage ou deux dans le Levant et en d'autres régions. A mon retour je résolus de m'établir à Londres, ainsi que m'y encourageait Mr. Bates, mon maître, qui me recommanda à quelques-uns de ses malades. Je louai un logis, dans une petite maison d'Old Jewry, et comme on me conseillait alors de changer d'état, j'épousai une demoiselle Mary Burton, seconde fille de Mr. Edward Burton, bonnetier dans la rue de Newgate, laquelle m'apporta en dot quatre cents livres sterling. Mais mon bon maître mourut moins de deux ans après, et le nombre de mes amis diminuant, mes affaires se mirent à péricliter. Ma conscience ne me permettait pas de recourir aux pratiques répréhensibles, à l'instar de trop de mes confrères. C'est pourquoi, après en avoir délibéré avec ma femme et quelques amis, je résolus de reprendre la mer. Je fus successivement chirurgien sur deux vaisseaux et fis, durant six ans, plusieurs voyages aux Indes orientales et occidentales, ce qui me permit d'accroître un peu ma petite fortune. Comme j'étais toujours pourvu d'un bon nombre de livres, j'employais mes heures de loisir à lire les meilleurs auteurs anciens et modernes, et, quand je me trouvais à terre, à observer les mœurs et les coutumes des hommes et à apprendre en même temps leur langue, étude pour laquelle j'avais une grande facilité en raison de l'excellence de ma mémoire.

Le dernier de ces voyages n'ayant pas été très heureux, je me lassai de la mer, et pris le parti de rester chez moi, avec ma femme et mes enfants. Je quittai Old Jewry pour Fatter Lane, et m'installai ensuite à Wapping dans l'espoir de me faire une clientèle parmi les matelots. Mais ne je trouvai là qu'un maigre profit. Après avoir attendu pendant trois ans que ma situation s'améliorât, j'acceptai une offre avantageuse du capitaine William Pritchard, commandant l'*Antilope*, qui s'apprêtait à partir pour les mers du Sud. Nous mîmes à la voile à Bristol, le quatre mai mil six cent quatre-vingt-dix-neuf, et notre voyage fut d'abord très heureux.

Il ne convient pas d'importuner le lecteur par le détail de nos aventures en ces mers. Qu'il suffise de lui dire qu'avant notre arrivée aux Indes orientales, nous fûmes chassés par une violente tempête vers le nord-ouest de la terre de Van Diemen. Nous pûmes constater que nous nous trouvions alors par trente degrés, deux minutes de latitude australe. Douze hommes de notre équipage étaient morts d'excès de fatigue et de mauvaise nourriture ; les autres étaient dans un état de grand épuisement. Le cinq novembre, commencement de l'été dans ces régions, le ciel étant très brumeux, les matelots aperçurent soudain un rocher à moins d'un demi-câble du navire. Le vent était si fort que nous fûmes poussés tout droit contre l'écueil, et notre navire se brisa aussitôt. Six hommes

de l'équipage, dont j'étais, ayant pu mettre la chaloupe à la mer, parvinrent à s'écarter à la fois du vaisseau et du rocher. Nous fîmes, autant que je pus m'en rendre compte, environ trois lieues à la rame, jusqu'au moment où tout effort nous devint impossible, après l'extrême lassitude dont nous avions déjà souffert à bord. Nous nous abandonnâmes donc à la merci des vagues, et environ une demi-heure après, la chaloupe fut renversée par un soudain coup de vent du nord. Ce qui advint de mes compagnons dans la chaloupe, ou de ceux qui avaient pu s'accrocher aux récifs, ou de ceux encore qui étaient restés sur le navire, il m'est impossible de le dire, mais je crois qu'ils périrent tous. Pour moi, je nageai à l'aventure, poussé à la fois par le vent et la marée. J'essayais parfois, mais en vain, de toucher le fond, puis, quand je fus sur le point de m'éva-

nouir, et dans l'impossibilité de prolonger la lutte, je m'aperçus que j'avais pied. La tempête s'était considérablement apaisée. La pente était si insensible que je dus marcher près d'une demi-lieue avant de parvenir au rivage, et ce ne fut, me sembla-t-il, que vers huit heures du soir. Je continuai à m'avancer de près d'un mille, sans pouvoir découvrir trace d'habitation ni d'habitants ; ou du moins, j'étais trop exténué pour en apercevoir.

L'extrême fatigue jointe à la chaleur et à une demi-pinte d'eau-de-vie que j'avais bue en quittant le navire firent que je me sentis fort enclin au sommeil. Je m'étendis sur l'herbe qui était douce et unie et j'y dormis plus profondément qu'il ne me semble avoir dormi de ma vie, et cela, calculai-je, durant plus de neuf heures, car lorsque je m'éveillai le jour venait de

poindre. J'essayai alors de me lever, mais ne pus faire
le moindre mouvement ; comme j'étais couché sur le
dos, je m'aperçus que mes bras et mes jambes étaient
solidement fixés au sol de chaque côté, et que mes cheveux, qui étaient longs et épais, étaient attachés au sol
de la même façon. Je sentis de même tout autour de
mon corps de nombreuses et fines ligatures m'enser-
rant depuis les aisselles jusqu'aux cuisses.

Je ne pouvais regarder qu'au-dessus de moi ; le
soleil se mit à chauffer très fort et la lumière vive bles-
sait mes yeux. J'entendis un bruit confus autour de
moi, mais, dans la position où j'étais, je ne pouvais
voir rien d'autre que le ciel. Au bout d'un instant, je
sentis remuer quelque chose de vivant sur ma jambe
gauche, puis cette chose avançant doucement sur ma
poitrine arriva presque jusqu'à mon menton ; infléchis-
sant alors mon regard aussi bas que je pus, je découvris que c'était une créature humaine, haute tout au

Hogs I

·P Mintaon
I Good Fortune

I Naſſow
SUNDA
Sillabar

SUMATRA

Straits of Sunda

Blefuſcut

Mendoudo Lilliput
Diſcovered A.D. 1699.

Dimens Land

plus de six pouces, tenant d'une main un arc et de l'autre une flèche et portant un carquois sur le dos.

Dans le même temps, je sentis une quarantaine au moins d'êtres de la même espèce ou qui me parurent tels, grimpant derrière le premier. J'éprouvai la plus inimaginable surprise et poussai un cri si étourdissant qu'ils s'enfuirent tous épouvantés. Quelques-uns d'entre eux, comme je l'appris par la suite, se blessèrent en tombant pour sauter plus vite à terre du haut de mes côtes. Néanmoins ils ne tardèrent pas à revenir, et l'un d'entre eux qui s'aventura assez loin pour avoir une vue complète de mon visage, levant soudain les mains et les yeux en signe d'émerveillement, s'écria d'une voix aiguë, mais distincte : *Hekinah Degul*. Les autres répétèrent ces mêmes mots plusieurs fois de suite, mais je ne savais pas alors ce qu'ils signifiaient. Durant tout ce temps, je demeurai, comme le lecteur l'imagine, dans une très gênante posture. A la fin, faisant de grands efforts pour me libérer, j'eus la bonne fortune de rompre les fils et d'arracher les chevilles qui fixaient mon bras gauche au sol ; en le haussant jusqu'à mon visage je découvris de quelle façon on m'avait enchaîné. Au même instant, par une secousse violente qui me causa une douleur intolérable, je parvins à distendre un peu les ficelles qui retenaient mes cheveux du côté gauche, de sorte que je pus faire exécuter à ma tête un mouvement tournant d'un ou deux pouces d'amplitude. Mais ces êtres étranges s'enfuirent une seconde fois avant que je pusse mettre la main sur eux, et ce fut alors une explosion de cris perçants ; après quoi j'entendis l'un d'eux s'écrier : *Tolgo Phonac*, et aussitôt je sentis sur ma main gauche s'abattre des centaines de flèches qui me piquaient comme autant d'aiguilles ; puis ils lancèrent une autre rafale en l'air, comme nous lançons des bombes en Europe. Un bon nombre de leurs projectiles dut, je crois, me retomber sur le corps (mais en vérité je ne les sentis pas). D'autres tombèrent sur mon visage, que je protégeai aussitôt de ma main gauche. Quand cette grêle de flèches eut cessé, je ne pus m'empêcher de geindre de douleur, mais comme je faisais de nouveaux efforts pour me dégager, ils lancèrent une nouvelle rafale plus forte que la première, et quelques-uns tentèrent de me percer le flanc de leurs lances. Par bonheur je portais un pourpoint de buffle qu'il leur était impossible de traverser. Je pensai que le parti le plus sage était de me tenir coi, et résolus de demeurer ainsi jusqu'à la nuit, où il me serait facile, ma main gauche étant déjà libre, de me libérer tout à fait.

Quant aux habitants, j'avais quelque raison de croire que je pourrais à moi seul tenir tête aux plus grandes armées que l'on m'opposerait, si tous du moins étaient de la même taille que l'homme que j'avais vu. Mais la fortune devait disposer de moi tout autrement. Quand ces gens virent que je me tenais tranquille, ils ne me décochèrent plus de flèches, mais je devinai au bruit grandissant autour de moi que leur nombre se multipliait, et environ à deux toises de mon corps, face à mon oreille droite, j'entendis pendant plus d'une heure, comme un bruit de coups de marteau d'artisans à l'œuvre, et quand enfin je pus tourner la tête de ce côté, autant que fils et chevilles me le permettaient, je vis un échafaudage élevé au-dessus du sol de quatre pieds et demi, sur lequel quatre de ces indigènes pouvaient tenir, avec deux ou trois échelles pour y monter. De cette plate-forme, un d'entre eux, qui me semblait être une personne de qualité, m'adressa une longue harangue dont je ne compris pas le moindre mot. Mais je devrais dire d'abord qu'avant de commencer son discours cet important personnage s'écria par trois fois : *Langro dehul san* (ces mots ainsi que les précédents me furent par la suite répétés et expliqués). Sur quoi cinquante hommes s'avancèrent et coupèrent les liens qui retenaient encore le côté gauche de ma tête, ce qui me permit de la tourner à droite et d'observer la physionomie et les attitudes de celui qui devait parler. C'était un homme entre deux âges, et plus grand qu'aucun de ceux qui l'accompagnaient, dont l'un était son page, et portait la queue de sa robe, tandis que les deux autres le soutenaient de chaque côté. Il se montra orateur accompli et je pus discerner dans son discours des mouvements successifs et divers de menace, de promesse, de pitié et de bonté. Je répondis brièvement, mais sur le ton le plus humble, levant ma main gauche et mes yeux vers le soleil, comme pour le prendre à témoin. Je commençais à sentir les tortures de la faim, car j'étais resté sans manger la moindre bouchée plusieurs heures avant mon départ du navire, et j'étais tellement harcelé par cette exigence de la nature, que je ne pus m'abstenir de traduire mon impatience (enfreignant peut-être ainsi les règles de la stricte civilité) en portant plusieurs fois le doigt à la bouche pour montrer le besoin que j'avais de nourriture. Le *Hurgo* (c'est ainsi que parmi eux on appelle un grand seigneur, comme je l'ai su depuis) me comprit fort bien. Il descendit de la tribune et donna l'ordre d'appliquer contre mon côté plusieurs échelles sur lesquelles montèrent bientôt une centaine d'hommes ; ils se mirent en marche vers ma bouche, chargés de paniers pleins de victuailles, préparés et envoyés par les ordres du Roi, dès que Sa Majesté avait eu connaissance de mon arrivée. Je remarquai qu'on me servait des morceaux de divers animaux, mais sans pouvoir les distinguer par leur goût. Il y avait des gigots, des épaules, des longes ayant la forme de ceux du mouton et fort bien accommodés, mais plus petits que les ailes d'une alouette. J'en avalai deux ou trois d'une bouchée et engloutis trois pains à la fois, qui étaient de la grosseur d'une balle de fusil. Ces gens m'approvisionnaient aussi rapidement qu'ils le pouvaient, témoignant par mille signes de leur émerveillement et de leur stupéfaction devant l'énormité de mon appétit. Puis je fis un autre geste pour montrer que je voulais boire. Ils devinèrent, à me voir manger, qu'une petite quantité de boisson ne pourrait me suffire et, comme ils étaient d'une grande ingéniosité, ils soulevèrent très habilement au moyen de cordes une de leurs plus grosses futailles, qu'ils firent ainsi rouler jusqu'à ma main, et défoncèrent par le haut. Je la vidai, d'un seul coup, et

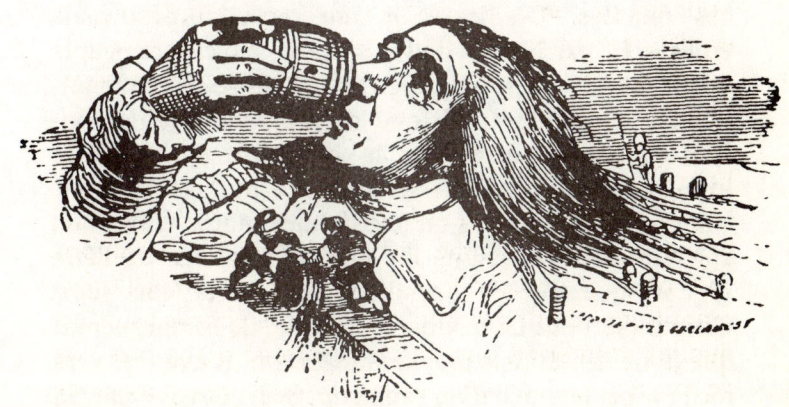

sans peine, car elle contenait tout juste une demi-pinte. Ce vin ressemblait à un bourgogne léger mais il était d'un goût bien plus exquis. On m'en apporta une autre barrique, que je vidai de la même façon ; j'en réclamai d'autres encore par signes, mais leur provision était épuisée. Quand j'eus accompli ces prodiges, ils poussèrent des cris de joie et dansèrent sur ma poitrine en répétant plusieurs fois leur premier cri : *Hekinah Degul*. Ils me firent signe de jeter à terre les deux tonneaux, mais non sans avoir averti d'abord les assistants de s'éloigner en criant très haut *Borach Mivola*. Quand ils virent les deux barriques en l'air, ce ne fut partout qu'une même clameur : *Hekinah Degul*. J'avoue que je fus maintes fois tenté, pendant qu'ils allaient et venaient sur mon corps, d'en saisir quarante ou cinquante des premiers qui me tomberaient sous la main et de les écraser contre le sol. Mais le souvenir de ce que j'avais éprouvé et qui pouvait fort bien n'être pas le pire de ce qu'ils pouvaient faire, ainsi que la promesse formelle que je leur avais faite tacitement, car j'interprétai ainsi ma docilité, eurent tôt fait de bannir ces pensées. D'ailleurs, je me regardai désormais comme lié par les lois de l'hospitalité envers un peuple qui venait de me traiter avec tant de faste et de magnificence. Cependant, au fond de moi-même je ne pouvais me lasser d'admirer la hardiesse de ces êtres minuscules, qui osaient se risquer à monter et courir sur mon corps, tandis qu'une de mes mains était libre, sans trembler le moins du monde à la vue de l'être gigantesque que je devais apparaître à leur yeux. Quand, au bout de quelques instants, ils remarquèrent que je ne demandais plus à manger, on fit avancer vers moi un personnage d'un rang supérieur, envoyé par Sa

Majesté Impériale. Son Excellence, montant par le bas de ma jambe, s'avança jusqu'à mon visage, avec une douzaine de gens de sa suite, et là, produisant ses lettres de créance, revêtues du sceau royal, qu'il plaça tout près de mes yeux, parla durant environ dix minutes sans la moindre apparence de colère, mais sur un ton de fermeté résolue, tendant le bras, à plusieurs reprises, dans une direction que je reconnus être plus tard celle de la capitale, distante d'un demi-mille, où il avait été décidé par Sa Majesté, en séance du Conseil, que je devais être transporté. Je répondis en peu de mots, mais qui furent vains, et fis alors un signe de ma main libre, en la plaçant d'abord sur l'autre, après l'avoir fait passer par-dessus la tête de Son Excellence, de peur de le blesser lui ou quelqu'un de sa suite, puis en la portant à ma tête et en plusieurs points de mon corps pour donner à entendre que je désirais être mis en liberté. Il semble qu'il me comprit fort bien, car il secoua la tête en signe de désapprobation, et tint un instant sa main dans une position qui indiquait que je devais être transporté enchaîné. Toutefois, il fit d'autres signes tendant à m'assurer que j'aurais à boire et à manger à discrétion et que je serais à tous égards bien traité. Sur quoi, je fus repris du désir de briser mes liens. Mais lorsque je sentis à nouveau la piqûre de leurs flèches sur mon visage et sur mes mains qui étaient encore pleines d'ampoules et toutes couvertes de leurs petits dards, lorsque je vis grossir le nombre de mes ennemis, je leur adressai des signaux montrant qu'ils pouvaient faire de moi ce qui leur plaisait. Là-dessus le Hurgo et sa suite se retirèrent en me prodiguant les marques de leur civilité et les témoignages de leur satisfaction. Bientôt, j'entendis des clameurs

unanimes, parmi lesquelles je distinguais à maintes reprises les mots *Peplom Selan* ; je sentis à mon côté gauche un grand nombre de gens s'employant si bien à détendre les cordes, que je pus enfin me mettre sur le flanc droit et soulager ma vessie, ce que je fis avec une telle abondance — à la stupéfaction de la foule — que celle-ci, conjecturant d'après mes mouvements le geste que j'allais faire, s'ouvrit aussitôt sur la droite et sur la gauche, afin d'éviter le torrent qui jaillissait de moi avec tant de fracas et de violence. Auparavant ils m'avaient barbouillé le visage et les mains d'une sorte d'onguent, d'une odeur très agréable, qui, en quelques minutes, fit disparaître le mal cuisant causé par les flèches. Tout cela, ajouté à l'effet réconfortant de ce qu'on m'avait fait manger et boire, me disposa au sommeil. Je dormis environ huit heures, comme je m'en assurai plus tard ; il n'y avait là rien d'un prodige, car les médecins, sur l'ordre du Roi, avaient mélangé aux barriques de vin une potion soporifique.

Il semble en effet que, dès l'instant même où l'on

m'avait découvert dormant sur le rivage, l'Empereur en avait été informé par un exprès et qu'il avait décidé en son Conseil que je serais enchaîné de la manière que je viens de rapporter (ce qui fut exécuté dans la nuit et durant mon sommeil) ; que de copieuses provisions de vivres et de boissons me seraient envoyées, et qu'une machine serait construite pour me transporter dans la capitale.

Une telle décision pourra paraître téméraire et dangereuse, et je gagerais qu'aucun prince d'Europe en pareil cas n'agirait de cette façon ; cependant, à mon sens, la mesure était d'une extrême prudence autant qu'elle était généreuse. Car, supposez que ces gens eussent essayé de me tuer de leurs lances et javelots durant mon sommeil, je me serais certainement éveillé à la première sensation de douleur ; et ma fureur eût à ce point décuplé mes forces que j'en aurais brisé mes liens, ce qui les eût mis, dans leur impuissance, inexorablement à ma merci.

Ces gens qui sont d'excellents mathématiciens, sont parvenus à une grande perfection dans les arts mécaniques, grâce à l'appui et aux encouragements de leur Empereur, grand protecteur de la science. Ce prince possède une quantité de machines montées sur roues pour le transport des arbres et des poids lourds. Ses plus grands vaisseaux de guerre, dont quelques-uns atteignent neuf pieds de long, sont le plus souvent construits dans les forêts mêmes où poussent les arbres utilisés, et de là transportés jusqu'à la mer au moyen de ces appareils à dix ou douze cents pieds de distance. Cinq cents charpentiers et mécaniciens reçurent l'ordre de se mettre immédiatement à l'œuvre pour construire le plus formidable engin qu'ils eussent encore vu. C'était une charpente de bois s'élevant à trois pouces au-dessus du sol, de sept pieds de long sur quatre de large, et posée sur vingt-deux roues. Les cris que j'avais entendus provenaient de l'arrivée de cette machine, qui, semblait-il, fut mise en route moins de quatre heures après mon arrivée dans l'île. Elle fut placée parallèlement à mon corps. Mais la principale difficulté était de me hisser jusqu'à ce véhicule et de m'y faire entrer. Pour cela, on dressa d'abord quatre-vingts poteaux, d'une hauteur d'un pied, et de fortes cordes de la grosseur d'un fil d'emballage furent reliées par des crochets à des bandes que l'on avait passées autour de mon cou, de mes mains, de mon corps et de mes jambes. Neuf cents de leurs hommes les plus vigoureux reçurent alors l'ordre de tirer sur ces cordes par des poulies fixées aux poteaux et en moins de trois heures je fus ainsi hissé et jeté sur la machine, où l'on m'attacha solidement.

Tout cela me fut conté par la suite, car pendant la durée de l'opération je dormais encore d'un profond sommeil, sous l'effet du narcotique que l'on avait mis dans ma boisson.

Quinze cents chevaux, choisis parmi les plus grands des écuries impériales, et dont la taille atteignait jusqu'à quatre pouces et demi, me traînèrent jusqu'à la capitale qui était, ai-je dit, à une distance d'un demi-mille. Il y avait environ quatre heures que nous étions en route quand je fus éveillé par un incident fort ridicule. Le chariot s'étant arrêté un instant pour que l'on y remît quelque chose en ordre, deux ou trois de ces jeunes insulaires eurent la curiosité de voir quelle pouvait être mon apparence dans mon sommeil. Ils grimpèrent sur le véhicule et s'avancèrent très doucement jusqu'à mon visage ; l'un d'entre eux, officier des gardes, enfonça la pointe aiguë de son épée fort avant dans ma narine gauche, ce qui me chatouilla le nez, comme une paille, et me fit éternuer avec violence. Sur

quoi ils détalèrent sans que personne les vît et ce ne fut qu'au bout de trois semaines que je connus la cause de ce réveil soudain. Le reste de la journée, nous marchâmes sans arrêt. La nuit venue, durant la halte, cinq cents gardes furent postés à chacun de mes côtés ; la moitié portait des torches, et les autres, arcs et flèches en main, étaient prêts à tirer sur moi si je bougeais. Le lendemain, nous reprîmes notre marche au lever du soleil, et arrivâmes vers midi, à moins de deux cents pas des portes de la ville. L'Empereur, avec toute sa Cour, s'avança au-devant de nous, mais les grands dignitaires ne permirent pas que Sa Majesté mît sa personne en danger en faisant l'escalade de mon corps.

A l'endroit même où s'était arrêté le chariot, se dressait un antique temple, estimé le plus vaste du Royaume ; ce lieu ayant été, quelques années auparavant, souillé par un meurtre horrible, on le considérait comme profané et on l'employait en conséquence à de communs usages, après l'avoir dépouillé de tous les ornements et objets sacrés. C'est dans cet édifice que l'on décida de me loger. La grande porte, face au nord, avait environ quatre pieds de haut et deux de large, ce qui me permettait aisément de passer, en marchant sur les genoux. De chaque côté de la porte il y avait une petite fenêtre à moins de sept pouces du sol ; à travers celle de gauche, les forgerons du Roi firent passer quatre-vingt-une chaînes, semblables à celles qui en Europe pendent à la montre des dames — et presque aussi grosses — que l'on fixa à ma jambe gauche par trente-six cadenas. En face du Temple, à environ vingt pieds de distance de l'autre côté de la route, s'élevait une petite tour d'au moins cinq pieds de haut. C'est là que monta, me dit-on, l'Empereur, avec les plus hauts personnages de sa Cour, pour me regarder à loisir sans que je les visse. On évalua à plus de cent mille le nombre de curieux venus de la ville dans la même intention, et en dépit de la surveillance de mes gardes, je suis convaincu qu'il n'y eut pas moins de dix mille personnes, qui, une fois ou l'autre, me grimpèrent sur le corps à l'aide d'échelles. Mais une proclamation fut faite, qui l'interdit sous peine de mort. Quand les équipes à l'œuvre constatèrent qu'il m'était impossible de m'échapper, on coupa les cordes qui me liaient ; je me dressai aussitôt avec un sentiment de tristesse que je n'ai que bien rarement éprouvé. La rumeur de la foule, l'étonnement des gens quand ils me virent me lever et marcher sont impossibles à décrire. Les chaînes qui m'entravaient avaient environ six pieds de long et me permettaient d'aller et venir en décrivant un demi-cercle. Comme elles n'étaient fixées qu'à quatre pouces de la porte, je pouvais, en outre, la franchir en rampant et m'étendre de tout mon long dans le Temple.

Chapitre II

L'Empereur de Lilliput, accompagné de plusieurs de ses gentils-hommes, vient voir l'auteur dans sa prison. — Description de la personne et du costume de Sa Majesté. — Des savants sont désignés pour enseigner à l'auteur la langue du pays. — Il se concilie la faveur générale par la douceur de son caractère. — Ses poches sont visitées ; on lui retire son épée et ses pistolets.

Quand je me retrouvai sur mes pieds, je regardai autour de moi et je dois avouer que jamais mes yeux n'avaient embrassé de vue plus agréable : le parc environnant semblait n'être qu'un jardin ininterrompu, et les champs clos de murs, qui mesuraient pour la plupart quarante pieds carrés, avaient l'aspect de plates-bandes fleuries. Ces champs étaient entremêlés de bois d'un demi-arpent, et les plus grands arbres me parurent de sept pieds de haut. Je parcourus du regard la ville qui se trouvait à ma gauche, et qui ressemblait aux villes peintes dans les décors de théâtre.

Depuis quelques heures, j'étais extrêmement pressé par certaines nécessités de la nature, ce qui n'avait rien d'étonnant, si l'on songe qu'il y avait près de deux jours que je ne m'étais soulagé. Entre l'urgence et la honte, je me trouvai dans le plus cruel embarras.

Le meilleur expédient dont je m'avisai, fut de me glisser dans ma maison, de fermer la porte derrière moi, et reculant de toute la longueur de ma chaîne, d'alléger mon corps de ce gênant fardeau. Mais ce fut la seule fois que je me rendis coupable d'un acte aussi malpropre, auquel le lecteur sincère voudra bien, je l'espère, accorder quelque indulgence, après mûr et impartial examen de mon cas et de ma détresse. A partir de ce moment j'adoptai l'habitude dès mon lever d'accomplir cette fonction en plein air, aussi loin que le permettait ma chaîne, et l'on prit grand soin chaque matin, avant que personne ne fût sorti, de faire enlever dans des brouettes la matière offensante : deux domestiques étaient chargés de cet office. Je n'aurais pas si longuement insisté sur une conjoncture qui, à première vue, peut-être, apparaîtra dépourvue d'importance, si je n'avais estimé nécessaire de me justifier et de défendre devant tous ma réputation sur le sujet de ma délicatesse, — que, m'assure-t-on, mes détracteurs ont cru bon, en cette occasion comme en d'autres, de révo-

quer en doute. L'opération terminée, je revins dans la rue. J'avais vraiment besoin de grand air.

L'Empereur cependant était déjà descendu de la tour et s'avançait vers moi à cheval, ce qui faillit lui coûter cher, car la bête, fort bien dressée cependant, à la vue de cette montagne en marche, se cabra de toute sa hauteur ; mais le prince était excellent cavalier, et se tint ferme en selle, donnant à sa suite le temps d'accourir et de saisir la bride. Sa Majesté mit donc pied à terre, et m'examina sous tous les angles, emplie d'une grande admiration, mais restant toujours hors de ma portée... Cuisiniers et sommeliers étaient prêts. Sur son ordre, ils poussèrent jusqu'à moi des sortes de chariots pleins de victuailles et de vin. Je les saisis et les vidai, ce ne fut pas long : il y en avait vingt chargés de

viandes et dix de vin. Chacun des premiers me fournis-
sait deux ou trois bonnes bouchées. Quant au vin, il
était contenu dans de petites fioles de faïence ; je les
vidais dix par dix dans une voiture que je lampais d'un
trait, le reste à l'avenant...

L'Impératrice, les jeunes Princes ou Princesses du
sang, entourés de nombreuses dames d'honneur,
étaient restés à quelque distance dans leurs chaises.
Mais les difficultés équestres de l'Empereur firent
qu'ils en sortirent et se rapprochèrent de lui. Passons
maintenant au portrait de ce Prince : il dominait d'au
moins la largeur de mon ongle tous les Seigneurs de sa
Cour, et cela suffisait à en imposer à tous ceux qui
l'approchaient. Ses traits étaient mâles et fermes, la
lèvre autrichienne et le nez aquilin ; son teint était mat
et son port majestueux, le corps et les membres fort
bien proportionnés. Ses gestes étaient toujours
empreints de grâce, et ses attitudes pleines de majesté.
Ce n'était plus un jouvenceau, mais un homme de
vingt-huit ans et trois quarts d'année ; il avait régné
sept ans avec beaucoup de bonheur, presque toujours
victorieux. Afin de le voir plus commodément, je

m'étendis sur le côté, mon visage au niveau du sien, et il se rapprocha à moins de trois yards : je l'ai du reste bien souvent tenu dans mes mains par la suite et ne puis donc me tromper dans ma description. Son habit était fort simple, et, par la coupe, évoquait à la fois l'Europe et l'Orient ; il portait sur la tête un léger casque d'or orné d'un plumet. Il tenait à la main son épée nue pour se défendre au cas où je briserais mes chaînes : elle avait près de trois pouces de long et la hampe et le fourreau étaient d'or rehaussé de diamants. Sa voix était aiguë, mais si nette et distincte que je l'entendais fort bien, même debout.

Les dames et les courtisans étaient tous magnifiquement vêtus, si bien que la tache que le groupe faisait sur le sol rappelait une jupe étendue à terre et couverte de broderies en or et en argent.

Sa Majesté Impériale voulut plusieurs fois me dire quelque chose et je lui répondis, mais sans qu'aucun de nous comprît une syllabe aux discours de l'autre. Il y avait là des prêtres et des hommes de loi, à en juger par leur costume, qui reçurent l'ordre de m'adresser la parole. Je leur parlai dans toutes les langues dont

j'avais quelques notions : haut et bas-allemand, latin, français, espagnol, italien, et *lingua franca* — mais sans aucun résultat.

Au bout de deux heures environ la Cour se retira, et on me laissa une forte garde pour me protéger contre les impertinences et peut-être les cruautés de la populace, laquelle attendait impatiemment de pouvoir s'attrouper autour de moi, du plus près qu'elle l'oserait. Certains eurent l'impudence, en me voyant tranquillement assis par terre près de ma porte, de me lancer des flèches, dont l'une manqua de me crever l'œil gauche. Mais le colonel fit arrêter six des meneurs, et pensa que le meilleur châtiment serait de me les remettre garrottés. Des soldats les poussèrent donc avec la hampe de leurs piques jusqu'à portée de mes mains. Je les saisis tous de ma main droite, et en mis cinq dans la poche de mon pourpoint. Quant au sixième, je fis mine de le manger tout vif. Le malheureux poussait des cris affreux ; le colonel et ses officiers parurent eux-mêmes très affectés, surtout lorsqu'ils me virent tirer mon canif. Mais je les rassurai bientôt : je pris un visage moins sévère et, coupant les liens de mon prisonnier, je le déposai doucement sur le sol, où il s'enfuit à toutes jambes. Je traitai les autres de même façon, les tirant un à un de ma poche, et je remarquai que les soldats et le peuple étaient profondément touchés de ce geste de clémence, qui fut rapporté à la Cour en termes très élogieux.

Le soir, je me glissai, non sans peine, dans ma demeure et je m'y couchai à même le sol. Je n'eus pas d'autre couche pendant les quinze jours que dura la confection de mon lit. Par ordre de l'Empereur on apporta en charrettes six cents matelas de taille normale et on les assembla chez moi en quatre couches de cent cinquante matelas chacune, cousus ensemble pour être à mes dimensions, mais ne rendant guère moelleux un sol fait de pierres polies. On me confectionna de même les draps, les couvertures et les couvre-pieds ; le tout me satisfit, car je sais dormir sur la dure.

Cependant, la nouvelle de mon arrivée se répandait dans le Royaume. Riches, oisifs, curieux, en nombre incroyable, venaient me contempler. Les villages se vidaient. Sa Majesté Impériale dut lutter par édits et décrets royaux contre l'abandon qui menaçait les terres et les fermes. On obligea les gens à rentrer chez eux après m'avoir vu et personne ne pouvait s'approcher de moi à moins de cinquante yards sans un laissez-passer officiel. La délivrance de ces laissez-passer fit la fortune des ministres. Cependant l'Empereur tenait fréquemment conseil à mon sujet. Qu'allait-on faire de moi ? La Cour était dans le pire embarras. Je le sus plus tard par un ami, un haut dignitaire très bien informé. On craignait mon évasion, ou bien une famine car mon appétit pouvait ruiner le pays. On parla donc de me laisser mourir de faim, ou de me cribler les mains et le visage de flèches empoisonnées fort efficaces, mais mon cadavre en se décomposant ne pouvait qu'infester la capitale et empuantir tout le Royaume. Pendant qu'on délibérait, il se présenta à la porte du Grand Conseil de Chambre plusieurs officiers. Deux d'entre eux furent admis, et rapportèrent au Prince ma clémence envers les six délinquants dont

j'ai parlé plus haut. Ce récit fit si bonne impression sur Sa Majesté et sur tous les conseillers, qu'ils instituèrent aussitôt une Commission impériale chargée de la réquisition quotidienne dans tous les villages distants de moins de cinq cents toises de la capitale, de six bœufs, quarante moutons et autres victuailles à mon intention, ainsi que du pain, du vin et d'autres boissons en quantité suffisante. Tout cela serait payé par Sa Majesté en bons à valoir sur les biens de la Couronne. Ce Prince n'a, en effet, guère d'autres revenus que ceux de ses propres domaines, et ne lève d'impôts qu'à titre exceptionnel sur ses sujets. Ceux-ci pourtant sont tenus de le suivre à la guerre à leur frais. On me donna une maison de six cents personnes nourries au frais de l'Etat et fort bien logées en des tentes que l'on dressa de part et d'autre de ma porte. On prit d'autres mesures encore, comme de commander à trois cents maîtres tailleurs un costume pour moi, à la mode du Royaume, et de charger six des plus grands savants de m'apprendre la langue du pays ; enfin, il fut prescrit que les chevaux de l'Empereur, de la noblesse et de la Garde feraient souvent l'exercice en ma présence, afin de les habituer à ma vue. Tous ces ordres furent dûment exécutés, et en trois semaines environ je fis de grands progrès en leur langue. Pendant ce temps-là, l'Empereur me fit souvent l'honneur de me rendre visite, et se plut à assister mes maîtres dans leurs leçons. Nous commencions déjà à nous comprendre un peu, et les premiers mots que j'appris furent pour lui demander de me rendre ma liberté — prière que chaque jour je répétais à genoux. Comme je le craignais, il me répondit qu'il fallait attendre, que cette décision ne pouvait être prise sans l'avis du Conseil, et qu'il faudrait d'abord *Lumos kelmin pesso desmar lon Empesso,* c'est-à-dire m'engager à vivre en paix avec le Prince et son Royaume. Il m'assura qu'on me traiterait toujours avec de grands égards, et il me conseillait de gagner son estime et celle de son peuple par ma patience et ma bonne conduite. Il me pria encore de ne point le prendre en mauvaise part s'il donnait ordre à ses officiers de me fouiller, car il était probable que j'eusse sur moi des armes qui ne pouvaient manquer d'être très dangereuses, si leurs dimensions étaient aussi prodigieuses que les miennes. Je répondis, m'exprimant autant par signes qu'en paroles, que Sa Majesté serait satisfaite car j'étais prêt à me dévêtir et à retourner mes poches devant lui. Il répliqua que, d'après la loi du Royaume, je devais être fouillé par deux de ses officiers, ce qui n'était possible, il le voyait

bien, qu'avec mon consentement, et mon aide ; mais il avait de ma justice et de ma générosité une si bonne opinion qu'il ne craignait pas de remettre leurs personnes entre mes mains ; il m'assura en outre que tout ce qu'ils pourraient confisquer me serait rendu à mon départ du pays, ou payé au prix que je fixerais.

Je pris les fonctionnaires dans ma main et les posai d'abord dans la poche de mon pourpoint, puis dans toutes les autres poches de mes vêtements, sauf mes deux goussets, et une autre poche secrète que je ne voulais pas laisser fouiller, car j'y gardais certains objets fort utiles mais absolument personnels. Dans l'un des goussets il y avait une montre d'argent, dans l'autre une bourse avec un peu d'or. Les commissaires, qui s'étaient munis de plumes, d'encre et de papier, firent un inventaire exact de tout ce qu'ils trouvèrent, et, quand ils eurent terminé, ils me demandèrent de les poser à terre pour en remettre le texte à l'Empereur. Plus tard je pus traduire en anglais cet inventaire, le voici mot pour mot : « In primis, dans la poche de droite de la veste du grand Homme-Montagne (c'est le sens que je donne aux mots : *Quinbus Flestrin*) après une fouille minutieuse, nous n'avons trouvé qu'un morceau de toile grossière assez grand pour faire un tapis de sol dans la salle du Trône de Votre Majesté. Dans la poche de gauche, nous vîmes un énorme coffre en argent, avec un couvercle du même métal, que les soussignés, incapables de le soulever, firent ouvrir par l'Homme-Montagne. L'un de nous y ayant pénétré, il s'enfonça jusqu'à mi-jambe dans une sorte de poussière qui nous vola au visage, nous faisant éternuer violemment à plusieurs reprises. Dans la poche droite du gilet, nous trouvâmes une liasse énorme de substances minces et blanches, repliées les unes sur les autres, en tout de la grosseur de trois hommes ; elle était nouée par un gros câble et marquée de grands signes noirs. Nous avons lieu de croire qu'il s'agit là de textes écrits, dont chaque lettre serait grande comme la main. Dans la poche de gauche se trouvait une sorte d'engin, du dos duquel sortaient vingt pieux faisant penser à la palissade du Château de Votre Majesté. Nous avons supposé que l'Homme-Montagne l'emploie pour se peigner, mais nous n'avons pas voulu l'importuner de nos questions, voyant la difficulté qu'il avait à nous comprendre.

« Dans la grande poche du côté droit de son « couvre-milieu » (c'est le sens du mot *Ranfu-Lo* par lequel ils désignaient ma culotte) nous vîmes un pilier de fer

creux, de la longueur d'un homme et fixé à une pièce de charpente plus volumineuse que le pilier. Faisant saillie sur un des côtés du pilier, il y avait de grosses pièces de fer découpées en formes bizarres et que nous ne pûmes identifier.

« Dans la poche de gauche, un deuxième engin du même type. Dans la petite poche à droite, il y avait plusieurs rondelles de métal, de deux sortes : blanc et rouge. Quelques-unes des blanches (qui semblaient être d'argent) étaient si grandes et si lourdes que mon camarade et moi eurent grand-peine à les soulever

« Dans la poche de gauche, se trouvaient deux piliers noirs de forme irrégulière dont nous pûmes tout juste toucher le sommet, nos pieds reposant sur le fond de la poche. L'un deux était dans une housse et semblait fait d'une seule pièce. L'autre comportait à son sommet un objet rond, de couleur blanche, gros comme environ deux têtes. Dans chacun de ces cylindres était enchâssée une prodigieuse lame d'acier, que, selon nos instructions, nous le priâmes de nous montrer, craignant qu'il s'agit là d'engins dangereux. Il les fit sortir pour nous de leur logement, nous expliquant qu'il avait l'habitude chez lui de se faire la barbe avec l'une et de couper sa viande avec l'autre. Il y eut deux poches dans lesquelles nous ne pûmes pénétrer, celles qu'il nommait ses goussets : ce sont deux larges fentes pratiquées dans le haut de son « couvre-milieu » mais maintenues fermées par la pression du ventre.

« Une grosse chaîne d'argent pendait du gousset droit, et, au fond de celui-ci, il y avait un engin extraordinaire : nous lui avons ordonné de produire l'objet, quel qu'il fût, qui se trouvait au bout de la chaîne. Nous vîmes apparaître alors un globe dont la moitié était argent, l'autre moitié d'une sorte de métal transparent : sur le côté transparent, nous vîmes certains signes bizarres, disposés en cercle, et nous pensions pouvoir les toucher, quand nous sentîmes nos doigts arrêtés par cette substance invisible. Il approcha l'engin de nos oreilles : celui-ci faisait un bruit incessant, pareil au tic-tac d'un moulin à eau.

« D'après nos conjectures, il s'agit ou bien de quelque animal inconnu, ou bien du dieu qu'il adore. Nous inclinerions plutôt pour cette seconde hypothèse, car il nous assura (ou du moins c'est ce que nous comprîmes car il s'exprimait fort imparfaitement) qu'il agissait rarement sans l'avoir consulté. Il l'appelait son oracle : « C'est lui qui fixe un temps pour tous les actes de ma « vie », ajouta-t-il. Du gousset gauche il tira un filet presque aussi vaste que ceux des pêcheurs mais qu'on ouvrait et fermait comme une bourse. C'est d'ailleurs ainsi qu'il l'employait, car nous y trouvâmes plusieurs pièces pesantes faites d'un métal jaune : si c'est vraiment de l'or, ces pièces doivent avoir une valeur immense.

« Ayant ainsi, conformément aux ordres de Votre Majesté, inspecté scupuleusement toutes ses poches, nous avisâmes autour de sa taille une ceinture, faite du cuir de quelque animal prodigieux ; elle portait à gauche une épée longue de cinq fois le corps d'un homme, et à droite une bourse ou sacoche divisée en deux parties qui chacune contiendrait bien trois des sujets de Votre Majesté. L'une d'elle contenait des globes, ou boules d'un métal extrêmement pesant, car seul un bras vigoureux eût pu les soulever, bien qu'elles ne fussent pas plus grosses que nos têtes. L'autre partie était remplie d'un tas de grains noirs, qui n'étaient ni très gros ni très lourds, car nous pouvions en prendre plus de cinquante dans le creux de la main.

« Tel est l'inventaire exact de tout ce que nous trouvâmes sur le corps de l'Homme-Montagne, lequel nous a reçus avec beaucoup de civilité, et tous les égards dus à la Commission de Sa Majesté.

« Signé et scellé, le quatrième jour de la quatre-vingt-neuvième lune du règne bienheureux de Votre Majesté. »

CLEFREN FRELOCK, MARSI FRELOCK.

Lorsque l'Empereur eut reçu lecture de cet inventaire, il m'ordonna de lui remettre ces différents articles. Il réclama tout d'abord mon sabre que je décrochai avec son fourreau. Entre-temps il avait donné l'ordre à son escorte, forte ce jour-là de trois mille hommes d'élite, de former autour de moi un vaste cercle, arcs bandés et flèches braquées sur moi. Mais je ne les avais pas remarqués car je tenais les yeux fixés sur Sa Majesté. Il me pria alors de tirer mon sabre. Celui-ci bien qu'un peu rouillé par l'eau de mer restait étincelant et ce fut dans tous les rangs un cri de terreur et de surprise quand je me mis à faire des moulinets, car le soleil brillait, et son éclat sur la lame éblouissait les yeux. Sa Majesté, qui est un Prince du plus grand courage, parut moins impressionné que je n'aurais pu croire ; il me dit de remettre mon sabre au fourreau et de le jeter aussi doucement que je pouvais, à six pieds de l'extrémité de ma chaîne. Après quoi, il voulut voir un de mes « piliers creux en fer », désignant par là mes pistolets de poche. J'en tirai un et sur sa demande lui expliquai du mieux que je pus à quoi cela servait, puis je le chargeai, mais seulement à poudre (la mienne était restée sèche, grâce à la précaution que prend tout marin expérimenté de la tenir toujours dans une sacoche hermétique). Je recommandai à l'Empereur de ne pas prendre peur, et je tirai en l'air. L'effet en fut bien plus terrible que n'avait été la vue de mon sabre ; des centaines de soldats, comme foudroyés, tombèrent à la renverse, et même le Prince, qui pourtant était resté ferme sur ses jambes, mit quelques instants à reprendre ses esprits. Je lui remis mes deux pistolets, de la même façon que mon sabre, ainsi que la poire à poudre et les balles, non sans l'avertir qu'il fallait sur-

tout ne pas approcher la poudre du feu, car elle était très inflammable et la moindre étincelle eût pu faire sauter d'un seul coup tout le Palais impérial. Je lui remis ensuite ma montre, qui l'intriguait fort. Il se la fit apporter par deux gardes, les plus grands de son régiment, qui s'y prirent à la manière de nos portefaix, quand ils ont à livrer un tonneau de bière : à l'aide d'une perche posée sur leurs épaules. Il s'étonnait de son bruit incessant et du mouvement de la grande aiguille (qu'il discernait très bien, car leur vue est bien plus perçante que la nôtre). Il consulta là-dessus les lettrés de sa suite dont les opinions, le lecteur le concevra de lui-même, furent aussi diverses qu'aberrantes — je n'ai d'ailleurs pas tout compris.

Enfin, je déposai aux pieds du Prince mes pièces d'argent et de cuivre, ma bourse contenant neuf grosses pièces d'or, et plusieurs petites, mon canif et mon rasoir, mon peigne et ma tabatière d'argent, enfin mon mouchoir et mon journal de bord. Le sabre et les pistolets ainsi que la sacoche de munitions furent transportés par route à l'arsenal de Sa Majesté, mais on me rendit tout le reste.

Comme je l'ai dit, j'avais encore une poche secrète qui avait échappé à la fouille, et où se trouvaient mes bésicles (qui me servent souvent, car ma vue est faible), une longue-vue, et d'autres babioles qui ne devaient présenter aucun intérêt pour l'Empereur (bonne raison, pensais-je, de ne pas les lui montrer), mais que j'aurais craint de laisser perdre ou abîmer en venant à m'en dessaisir.

Chapitre III

L'auteur donne à l'Empereur ainsi qu'aux Seigneurs et Dames de la Cour un divertissement fort original. — Les amusements de la Cour. — L'auteur obtient sa liberté sous conditions.

Ma douceur et ma patience m'avaient gagné si bien la faveur du Prince et de la Cour, et même, à dire vrai, la faveur de l'armée et du pays tout entier, que j'avais bon espoir de recouvrer bientôt ma liberté. Je ne négligeais rien qui pût contribuer à cette bonne impression, et petit à petit les Lilliputiens cessèrent de me craindre. Il m'arrivait de m'étendre par terre et d'en laisser danser cinq ou six sur ma main, et même, au bout de quelque temps, les garçons et les filles s'enhardissaient jusqu'à jouer à cache-cache dans mes cheveux. Je parlais et je comprenais de mieux en mieux leur langue.

L'Empereur eut l'idée de me présenter certains divertissements où son peuple excelle, déployant une adresse et une magnificence que je n'ai vues dans aucune nation. Rien ne me charma tant que les danses sur la corde raide. Elles s'exécutaient sur un mince fil blanc de plus de deux pieds de long, tendu à dix pouces

du sol. Ce spectacle mérite, si le lecteur m'y autorise, une description plus détaillée.

Ne viennent danser que les candidats aux charges importantes, et au seul gré du monarque. On s'entraîne donc dès l'enfance, qu'on soit ou non de naissance noble et d'éducation libérale. Lorsqu'un décès, ou plus souvent une disgrâce, laisse vacant quelque poste élevé, cinq ou six prétendants prient par écrit l'Empereur de leur laisser offrir à Sa Majesté et à sa Cour un numéro de corde raide, car c'est celui qui sautera le mieux sans tomber qui obtiendra la charge. Bien souvent, les ministres en place sont invités à montrer leur habileté et à prouver au Prince qu'ils n'ont rien perdu de leur talent. Flimnap, le Grand Trésorier du Royaume, est un éblouissant danseur de corde raide, il saute au moins un pouce plus haut qu'aucun autre grand seigneur de l'Empire. Je l'ai vu danser plusieurs fois le pas estival sur une planchette fixée à la corde ; et celle-ci est à peine plus grosse que ce que nous appelons « petite ficelle ». Si mon jugement est bien impartial, c'est mon ami Reldresal, Premier Secrétaire du Conseil privé, qui mérite la deuxième place ; puis vient le reste des grands officiers, qui m'ont paru à peu près d'égale force.

Ces divertissements sont souvent marqués d'accidents funestes, dont on cite encore un très grand nombre. Pour ma part, j'ai vu deux ou trois candidats se casser un membre. Mais le danger est beaucoup plus grand quand il s'agit de Ministres sommés de donner des preuves de leur adresse, car ils fonts de tels efforts pour se surpasser eux-mêmes, pour faire mieux que leurs rivaux, qu'il est bien rare de ne pas en voir tomber un ou même plusieurs. On m'a raconté qu'un an ou deux avant mon arrivée, Flimnap se fût infailliblement rompu le col, si l'un des coussins du roi, qui se trouvait là par hasard, n'eût alors amorti sa chute.

Il existe un autre divertissement qui ne se donne qu'en certaines grandes occasions devant l'Empereur, l'Impératrice, et le Premier Ministre. Sa Majesté place sur une table trois fils de soie, longs de six pouces : l'un est bleu, l'autre est rouge, et le troisième vert. Ces

fils sont les récompenses que l'Empereur se propose de décerner à ceux qu'il désire honorer d'une marque spéciale de faveur. La cérémonie a lieu dans la grand salle du trône, où les candidats doivent subir une épreuve d'agilité très différente de la précédente, et sans équivalent, que je sache, dans aucun autre pays de l'Ancien ou du Nouveau Monde. L'Empereur a un grand bâton, qu'il tient horizontalement, tantôt au niveau du sol, tantôt plus haut, et les candidats doivent tour à tour sauter par-dessus ou ramper par-dessous, selon la hauteur du bâton ; il y a plusieurs épreuves, de face et à reculons. Parfois l'Empereur tient le bâton par un bout, et le Premier Ministre par l'autre, parfois aussi le Ministre l'a pour lui tout seul. Celui qui se montrera le plus agile et le plus endurant à cet exercice aura en récompense le fil bleu, le second aura le rouge et le suivant le vert. On les porte enroulés deux fois autour de la taille, et tous ceux qui jouent quelque rôle à la Cour ont l'une de ces décorations.

Grâce à leurs exercices quotidiens en ma présence, les chevaux de l'armée comme ceux des écuries royales n'avaient plus peur de moi, mais venaient sans broncher jusqu'entre mes pieds. Les cavaliers faisaient sauter leurs montures par-dessus ma main posée à plat sur le sol, et un des piqueurs du Roi, montant un grand cheval de course, franchit mon pied tout chaussé, en un bond qui, vraiment, tenait du prodige.

J'eus l'heur de distraire un jour l'Empereur d'une façon fort peu banale : je lui demandai de me faire apporter des bâtonnets de la longueur de deux pieds et de la grosseur d'une canne ordinaire. Sa Majesté fit donc donner par son maître forestier des ordres en conséquence, et le lendemain, six bûcherons me livraient les pièces de bois, en un nombre égal de voitures, tirées par huit chevaux chacune. Je pris donc neuf de ces bâtons que je plantai fermement dans le sol, de façon à délimiter une figure rectangulaire, d'une surface de deux pieds et demi carrés. J'attachai quatre autres bâtons horizontalement et d'un angle à l'autre à deux pieds environ du sol. Je fixai ensuite mon mouchoir aux neuf piquets verticaux et je le tendis comme une peau de tambour. Les quatre bâtons horizontaux qui se trouvaient à cinq pouces au-dessus du mouchoir servaient de balustrade à l'entour. Quand tout fut terminé, je proposai à l'Empereur cette esplanade comme champ de manœuvre, pour deux douzaines de ses meilleurs cavaliers. Mon projet lui plut : les soldats se présentèrent à cheval et en armes, je les pris tels quels et les déposai là-haut ainsi que les officiers qui devaient commander l'exercice. Sitôt installés ils se divisèrent en deux camps et exécutèrent tous les mouvements d'un combat simulé : tir de flèches mouchetées, escrime au sabre, décrochage et poursuite, attaque et retraite, bref la plus belle démonstration de tactique que j'aie jamais vue. La balustrade que j'avais fixée prévint tout accident, et l'Empereur prit tant de plaisir à ce spectacle qu'il le fit recommencer plusieurs fois. Un jour même, il lui plut de monter en personne sur le plateau et de commander l'exercice. Il obtint aussi — non sans mal — de l'Impératrice qu'elle se laissât soulever en l'air dans sa chaise à porteurs, à moins de deux yards de la scène, afin de voir plus commodément l'ensemble des combats. J'eus de la chance au cours de ces exercices : on n'eut jamais à déplorer d'accidents graves. Un jour, pourtant, le cheval d'un des capitaines, une bête pleine de feu, donna un tel coup de pied qu'il troua l'étoffe de mon mouchoir. Sa patte s'enfonça, il s'abattit, le cavalier fit la culbute. Mais je vins aussitôt à leur aide, et couvrant le trou d'une main, je reposai de l'autre tous les cavaliers sur le sol. Le cheval accidenté eut l'épaule gauche démise, son maître n'eut aucun mal et je réparai mon mouchoir du mieux que je pus. Cependant je n'avais plus assez confiance en sa solidité pour continuer des jeux si dangereux.

Au milieu d'une séance de ce genre, quelques jours avant qu'on me rendît ma liberté, un messager vint annoncer à Sa Majesté que certains de ses sujets, parcourant à cheval l'endroit où j'avais débarqué, avaient découvert sur le sol un énorme objet noir, d'une forme extraordinaire : un rebord circulaire, et plus grand que la chambre à coucher de Sa Majesté ; au centre, une éminence de la hauteur d'un homme. Il ne s'agissait pas d'un être animé, comme on l'avait craint tout d'abord, car il gisait dans l'herbe sans le moindre mouvement. Certains en avaient fait le tour plusieurs fois, puis se faisant la courte échelle, en avaient atteint le sommet, lequel était plat et de surface unie. Cela sonnait creux quand on frappait du pied. Il devait s'agir, à leur humble avis, d'un objet appartenant à l'Homme-Montagne. Si Sa Majesté l'ordonnait, il le ferait venir ; cinq chevaux y suffiraient. Je compris à l'instant ce qu'ils voulaient dire, et me réjouis fort de la nouvelle.

J'étais si mal en point, semble-t-il, en atteignant la rive après notre naufrage, que ce fut sur la terre ferme que je perdis mon chapeau, en cherchant un endroit où dormir. Je l'avais attaché avec une corde pendant que je ramais, il était resté sur ma tête quand je me fus mis à la nage, puis la corde avait dû casser sans que je m'en aperçusse et je crus que mon chapeau s'était perdu en mer. J'expliquai donc à Sa Majesté Impériale la nature et l'usage de cet objet, la priant de me le faire rapporter au plus vite. Le lendemain on me le remettait, mais pas en très bon état : les convoyeurs y avaient percé deux trous à un pouce et demi du bord, avaient passé deux crochets dans ces trous et attelé le tout grâce à une longue corde fixée aux crochets. Le remorquage fut d'un bon demi-mille. Heureusement le sol de ce pays est remarquablement lisse et uni ; aussi mon couvre-chef fut moins abîmé que je ne pouvais le craindre.

Deux jours après cette aventure, l'Empereur eut un caprice : il fit se tenir prêtes toutes les troupes cantonnées dans la capitale et dans les environs, et mit au point un divertissement des plus cocasses. Il me pria de prendre la pose du Colosse de Rhodes, debout et les jambes écartées au maximum, puis il chargea son Général, vieux chef plein d'expérience (et un de mes grands soutiens à la Cour), de mettre ses troupes en colonne et de les faire défiler sous moi : l'infanterie par rangs de vingt-quatre, la cavalerie par rangs de seize, tambours battants, drapeaux au vent et piques hautes. Il y avait là trois mille fantassins et mille cavaliers. Sa Majesté avait interdit à tout soldat sous peine de mort le moindre manque d'égards envers ma personne au cours du défilé ; ce qui n'empêcha pas certains jeunes officiers de lever les yeux en passant sous moi. Et la vérité m'oblige à dire que mes culottes étaient alors assez mal en point pour leur donner l'occasion de rire et de s'émerveiller.

J'avais présenté tant de requêtes et de pétitions pour obtenir ma liberté, qu'à la fin Sa Majesté traita de l'affaire d'abord en Cabinet ensuite au Grand Conseil. Il n'y eut d'autre opposition que celle de Skyresh Bolgolam, qui décida d'être mon ennemi mortel — sans la moindre provocation de ma part — mais le vote de

tous les autres emporta la décision, que l'Empereur ratifia aussitôt. Ce Ministre était *Galbet*, c'est-à-dire Grand Amiral du Royaume. C'était un homme très habile en affaires et fort écouté du Roi, mais d'un tempérament aigre et chagrin. Il se rangea finalement à l'avis de la majorité, mais obtint qu'on le laissât fixer les conditions de ma mise en liberté, et rédiger le serment que j'aurais à faire. Ce texte me fut présenté par Skyresh Bolgolam lui-même, accompagné de deux Sous-Secrétaires et de plusieurs personnes de haut rang. Il m'en fut fait lecture, après quoi je dus jurer de m'y conformer d'abord selon les us de ma patrie, et ensuite de la façon établie par leurs lois, c'est-à-dire en tenant mon pied droit dans la main gauche, et en plaçant le doigt majeur de la main droite sur le sommet de ma tête, le pouce touchant mon oreille droite.

Mais, pensant qu'il peut intéresser le lecteur de connaître un peu le style particulier et les tournures de ce peuple, comme aussi les conditions de ma mise en liberté, je traduis à son intention ce document, mot pour mot, et aussi exactement que je le puis.

GOLBASTO MOMAREN EVLAME GURDILO SHEFIN MULLY ULLY GUE, très puissant Empereur de Lilliput, Terreur et délices de l'Univers ; dont les domaines couvrent cinq mille blustrugs (soit un cercle de douze milles de circonférence) et vont jusqu'aux extrémités du globe ; Monarque entre les monarques ; le plus grand des fils des hommes ; dont le pied descend jusqu'au centre de la terre et le front s'élève jusqu'au soleil ; dont le regard fait trembler les Rois du Monde et fléchir leurs genoux ; généreux comme l'automne, aimable comme le printemps, réconfortant comme l'été, terrible comme l'hiver. Sa Très Sublime Majesté propose à l'Homme-Montagne, nouvel arrivé dans Notre Céleste Royaume, les articles suivants que, par serment solennel, il jure de respecter :

I. L'Homme-Montagne ne quittera pas Notre Empire sans Notre autorisation dûment scellée du Grand Sceau.

II. Il ne prendra pas la liberté de venir dans Notre Capitale sauf permission spéciale de Notre part, auquel cas la population sera avertie deux heures à l'avance de se tenir dans les maisons.

III. Ledit Homme-Montagne ne pourra circuler que sur les grandes routes et se gardera de s'étendre ou de marcher sur les prairies et les champs de blé.

IV. Au cours de ses déplacements sur lesdites routes, il veillera soigneusement à ne pas écraser quelqu'un de Nos fidèles sujets, non plus que leurs voitures ou leurs attelages ; il ne prendra jamais dans sa main aucune desdits sujets sans son consentement.

V. Quand l'un de Nos courriers recevra une mission exceptionnellement urgente, l'Homme-Montagne sera tenu de le transporter avec sa monture. Ce service ne devra jamais lui prendre plus de six jours par lune. Si l'ordre lui en est donné, il devra ramener ledit courrier sain et sauf en Notre impériale présence.

VI. Il sera notre allié contre nos ennemis de l'île de Blefuscu, et fera tout son possible pour détruire la flotte qu'ils arment en ce moment pour envahir nos terres.

VII. Ledit Homme-Montagne, à ses heures de loisir, prêtera assistance aux ouvriers du Royaume, en les aidant à soulever et à poser les pierres faîtières sur le mur qui enclôt le Parc royal, et sur d'autres chantiers royaux.

VIII. Ledit Homme-Montagne devra, dans le délai de deux lunes, nous donner la mesure exacte du contour de Notre Empire, qu'il établira en longeant toute la côte de l'île et en comptant le nombre de ses pas.

IX et fin. Si l'Homme-Montagne jure solennellement d'observer tous et chacun des articles ci-dessus énoncés, il recevra chaque jour la ration alimentaire de mille sept cent vingt-quatre de nos sujets, et jouira en outre d'un libre accès à Notre personne, ainsi que d'autres marques de Notre faveur.

Donné en Notre Palais de Belfaborac, le douzième jour de la quatre-vingt onzième lune de Notre règne.

Je signai cet acte, et prêtai serment avec grande joie, en dépit de certains articles qui me faisaient un peu déchoir, et que je devais à la seule malveillance du Grand Amiral Skyresh Bolgolam. On m'enleva aussitôt mes chaînes et je me retrouvai libre. L'Empereur m'avait fait l'honneur d'assister en personne à toute la cérémonie ; je lui témoignai ma reconnaissance en me prosternant à ses pieds ; mais il me fit relever en termes que je ne répéterai pas, crainte de me voir taxé de vanité. Il espérait, ajouta-t-il, que je me montrerais loyal sujet de son Royaume, et mériterais les faveurs qu'il m'avait faites et se plairait à me faire dans l'avenir.

Le lecteur aura sans doute remarqué que le dernier article de l'acte qui mettait fin à ma captivité, m'octroyait la ration alimentaire de mille sept cent vingt-huit Lilliputiens. A quelque temps de là, je demandai à un courtisan de mes amis comment on avait pu donner un chiffre aussi précis, et il m'expliqua que les mathématiciens de Sa Majesté avaient pris ma hauteur à l'aide d'un sextant, puis, ayant établi qu'elle était par rapport à la leur ce que douze est à un, ils avaient calculé, d'après la similitude de nos corps, que ma contenance était au moins mille sept cent vingt-huit fois supérieure à la leur, et que par conséquent il me fallait la ration d'un nombre égal de Lilliputiens. Par quoi le lecteur pourra juger de l'intelligence de ce peuple, ainsi que de l'économie sage et éclairée de leur Prince.

Chapitre IV

Description de Mildendo, capitale de Lilliput, ainsi que du Palais de l'Empereur. — Conversation entre l'auteur et un Secrétaire d'Etat sur les affaires de l'Empire. — L'auteur offre ses services à l'Empereur dans les guerres à venir.

La première faveur que je sollicitai de l'Empereur après ma mise en liberté, fut de pouvoir visiter Mildendo, la capitale, ce qu'il m'accorda volontiers, mais en me recommandant spécialement de ne causer aucun dommage aux maisons ni à leur habitants. Mon projet fut notifié au peuple par proclamation. La cité était entourée d'un mur de deux pieds et demi de hauteur, et qui avait bien onze pouces d'épaisseur — ce qui permet à une voiture attelée d'y circuler en toute sécurité ; tous les dix pieds, cette muraille s'appuie sur une forte tour. J'enjambai la Grande Porte de l'Ouest, et, marchant de côté, m'avançai lentement dans les deux rues principales. J'étais vêtu de mon gilet, car je craignais d'endommager les toits ou les gouttières avec les pans de ma veste. Je marchais avec une extrême prudence, de peur d'écraser quelque retardataire qui se trouverait encore dans les rues, en dépit des ordres formels enjoignant à chacun de rester chez soi, car il y avait danger

de mort. Une telle foule de spectateurs se pressaient aux fenêtres des mansardes, et même sur les toits, qu'il me sembla que jamais au cours de mes voyages je n'avais vu cité si populeuse. La ville a la forme d'un carré et chaque côté de la muraille a cinq cents pieds de long. Les deux artères principales se coupent à angle droit, divisant la ville en quatre quartiers ; elles ont cinq pieds de large, mais les autres rues et les ruelles que je vis en passant, sans pouvoir y pénétrer, n'ont que douze à dix-huit pouces. La ville peut abriter cinq cent mille âmes, les maisons ont de trois à cinq étages, les marchés et les boutiques paraissent bien fournis.

Le Palais de l'Empereur s'élève au centre de la ville, à la croisée des deux artères principales. Il est entouré d'un mur haut de deux pieds et situé à vingt pieds de distance des bâtiments. Sa Majesté m'avait accordé la permission d'enjamber ce mur, et grâce à tout cet

espace libre j'eus une bonne vue d'ensemble de l'extérieur du Palais : la cour d'entrée est un carré de quarante pieds de côté, avec, en son centre, des bâtiments qui délimitent la deuxième cour. Au centre de celle-ci se trouve un second corps de bâtiments, avec sa cour intérieure. C'est précisément sur la cour intérieure que donnaient les appartements royaux que je souhaitais tant connaître. Mais je me trouvais devant de grandes difficultés, car les portails qui permettaient de passer d'une cour à l'autre n'avaient que dix-huit pouces de haut et sept de large ; et comme les bâtiments entre la première et la deuxième cour n'avaient pas moins de sept pieds de haut, jamais je n'aurais pu passer par-dessus sans ébranler la masse de l'édifice, bien que les murs fussent solidement bâtis en pierres de taille et épais de quatre pouces. L'Empereur, néanmoins, désirait fort me faire admirer la magnificence de son Palais. Il me fallut trois jours de travail pour y parvenir : je coupai avec mon canif les plus grands arbres du Parc royal (à quelque cinquante toises de la ville), pour fabriquer deux tabourets hauts de trois pieds, et assez solides pour soutenir le poids de mon corps. On avertit donc encore une fois la population, et je retraversai la ville jusqu'au Palais portant avec moi mes deux tabourets. Parvenu dans la cour d'entrée, je montai sur l'un d'eux et fis doucement passer l'autre par-dessus les toits pour le poser dans l'espace intermédiaire de la deuxième cour qui avait huit pieds de large — je pus alors facilement passer d'un tabouret à l'autre par-dessus l'édifice, puis ramener à moi le premier à l'aide d'un bâton crochu. La même manœuvre me permit d'arriver à la cour intérieure. Là, me couchant sur le côté, j'avais mon visage à la hauteur des deuxième et troisième étages, dont on avait ouvert à dessein toutes les fenêtres. Je découvris à l'intérieur les appartements les plus somptueux qu'on puisse imaginer, et je vis aussi l'Impératrice et les jeunes Princes entourés de toute leur Maison. Sa Majesté Impériale voulut bien m'honorer d'un gracieux sourire, et me donna par la fenêtre sa main à baiser.

Je ne veux pas entrer plus avant dans des descriptions de ce genre, car je réserve tous ces détails pour un plus grand ouvrage, qui n'est pas loin d'être mis sous presse, et qui comportera une description générale de cet Empire depuis sa fondation, avec l'histoire de la longue succession de ses Princes, leurs guerres et leur politique, ainsi qu'une étude des lois, de la science, et de la religion de ce pays, enfin la faune et la flore, les us et coutumes des habitants, et d'autres matières fort curieuses et instructives. Mon dessein ici se borne à rapporter fidèlement ce qui m'arriva à moi et aux Lilliputiens pendant mon séjour de neuf mois parmi eux. Un matin, quinze jours environ après ma mise en liberté, Reldresal, Premier Secrétaire d'Etat pour les affaires privées (c'est son titre officiel), vint me voir chez moi, suivi d'un seul domestique. Il fit stationner son carrosse à quelque distance de là, et me demanda une heure d'entretien. Je l'accordai bien volontiers,

tant par égard pour son rang et son mérite personnel, qu'en raison des services qu'il m'avait rendus lors de mes démarches à la Cour. Je proposai de m'étendre par terre, pour qu'il se trouvât plus près de mon oreille, mais il préféra que je le tinsse dans ma main pendant toute notre conversation.

Il commença par me faire compliment de ma mise en liberté, se flattant, disait-il, d'y avoir quelque peu contribué. Cependant il ajoutait que j'aurais, sans aucun doute, eu plus de mal à l'obtenir, n'eût été la situation actuelle à la Cour. « Car, me disait-il, si florissant que semble notre État, aux yeux d'un étranger, nous n'en souffrons pas moins de deux grands maux : une violente lutte de partis à l'intérieur, et, au-dehors, une menace d'invasion que fait peser sur nous un ennemi extrêmement puissant. En ce qui concerne le premier, sachez que, depuis plus de soixante-dix lunes, il y a dans notre Empire une lutte constante entre les deux partis nommés les *Tramecksans* et les *Slamecksans,* d'après les talons de leurs chaussures, qu'ils portent hauts ou bas pour se distinguer. On pré-

tend, il est vrai, que les Hauts-Talons seraient plus dans la ligne de notre ancienne Constitution, mais quoi qu'il en soit, Sa Majesté a pris la décision de ne nommer que des Bas-Talons au gouvernement, et à toutes les charges qui dépendent directement de la Couronne, ce que vous n'avez pas manqué de remarquer vous-même. Vous avez sûrement noté aussi que les talons impériaux de Sa Majesté ont un bon *drurr* de moins que tous ceux de la Cour (le *drurr* vaut environ la quatorzième partie d'un pouce). La haine partisane est si vive que ni pour boire, ni pour manger, ni même pour se parler, on ne saurait frayer ensemble. Nous pensons que les Tramecksans ou Hauts-Talons nous dépassent en nombre, mais le pouvoir est entièrement entre nos mains. Hélas ! nous craignons fort que Son Altesse Impériale, le Prince héritier de la Couronne, n'ait des sympathies pour les Hauts-Talons ; en effet, c'est un fait notoire qu'il a un talon nettement plus haut que l'autre, ce qui le fait boiter en marchant. Eh bien, au milieu de ces dissensions intestines, nous voilà menacés d'invasion par nos ennemis de l'île de Blefuscu, qui est l'autre Empire de l'Univers, presque aussi vaste et puissant que le Royaume de Sa Majesté. Car pour ce qui est des affirmations que vous avez faites touchant l'existence sur la terre d'autres États ou Royaumes, habités par des humains de votre taille, nos philosophes les mettent sérieusement en doute : ils croiraient plus volontiers que vous êtes tombé de la lune ou de quelque étoile, car il est incontestable qu'une centaine d'êtres semblables à vous aurait en très peu de temps dévoré tout le bétail et toutes les récoltes de notre Empire. De plus, nos annales, qui portent sur plus de six mille lunes, ne parlent jamais d'aucun autre pays au monde que des deux grands Empires de Lilliput et de Blefuscu... J'en reviens donc à ce que j'allais vous dire : ces deux formidables puissances se trouvent engagées depuis trente-six lunes dans une guerre à mort, et voici quelle en fut l'occasion. Chacun sait qu'à l'origine, pour manger un œuf à la coque, on le cassait par le gros bout. Or, il advint que l'aïeul de notre Empereur actuel, étant enfant, voulu manger un œuf en le cassant de la façon traditionnelle, et se fit une entaille au doigt. Sur quoi l'Empereur son père publia un édit ordonnant à tous ses sujets, sous peine des sanctions les plus gaves, de casser leurs œufs par le petit bout. Cette loi fut si impopulaire, disent nos historiens, qu'elle provoqua six révoltes, dans lesquelles un de nos Empereurs perdit la vie, un autre sa Couronne. Ces soulèvements avaient chaque fois l'appui des souverains de Blefuscu et, lorsqu'ils étaient écrasés, les exilés trouvaient toujours un refuge dans ce Royaume. On estime à onze mille au total le nombre de ceux qui ont préféré mourir plutôt que de céder et de casser leurs œufs par le petit bout. On a publié sur cette question controversée plusieurs centaines de gros volumes ; mais les livres des Gros-Boutiens sont depuis longtemps interdits et les membres de la secte écartés par une loi de tous les

emplois publics. Au cours de ces troubles, les Empereurs de Blefuscu nous ont, à maintes reprises, fait des remontrances par leurs ambassadeurs, nous accusant d'avoir provoqué un schisme religieux et d'être en désaccord avec les enseignements que notre grand prophète Lustrog donne au chapitre cinquante-quatre du Blundecral (c'est le nom de leur Coran). Cela s'appelle, bien sûr, solliciter les textes. Voici la citation : « Tous les vrais fidèles casseront leurs œufs par le bout le plus commode. » Quel est le plus commode ? On doit, à mon humble avis, laisser à chacun le soin d'en décider selon sa conscience ou s'en remettre alors à l'autorité du premier magistrat. Or les Gros-Boutiens exilés ont trouvé tant de crédit à la Cour de l'Empereur de Blefuscu et chez nous tant d'aide et d'encouragements secrets que depuis trente-six lunes, une guerre sanglante met aux prises les deux Empires, avec des fortunes très diverses ; elle nous a coûté, jusqu'à présent, la perte de quarante vaisseaux de ligne, d'une quantité d'autres navires, ainsi que de trente mille de nos meilleurs matelots ou soldats, et l'on estime que les pertes de l'ennemi sont encore plus considérables. Il vient cependant d'armer une flotte redoutable, et s'apprête à débarquer sur nos côtes. Sa Majesté Impériale m'a chargé de vous donner cet aperçu de la situation présente, car elle met toute sa confiance en votre force et votre courage. »

Je priai le Secrétaire de présenter à l'Empereur mes humbles respects, et de lui faire savoir que s'il n'était pas dans mon rôle, semblait-il, puisque j'étais étranger, d'intervenir dans une querelle de partis, j'étais prêt en revanche, au péril de ma vie, à défendre contre tout agresseur sa personne et son Empire.

Chapitre V

L'auteur, par un extraordinaire stratagème, sauve le pays d'une invasion. — Arrivée des ambassadeurs de Blefuscu, qui demandent la paix. — Le feu prend aux appartements de l'Impératrice. — L'auteur contribue à sauver le reste du Palais.

L'Empire de Blefuscu est une île située au nord-est de Lilliput, dont elle n'est séparée que par un bras de mer large de huit cents yards. Je ne l'avais pas encore vu, et lorsqu'on m'eut parlé de ces menaces d'invasion, j'évitais de me montrer sur la côte lui faisant face pour qu'aucun navire n'allât révéler ma présence à l'ennemi. Celui-ci l'ignorait, car depuis la guerre toutes les communications étaient interdites sous peine de mort, d'un Empire à l'autre, et l'embargo mis par l'Empereur sur tout navire quel qu'il soit.

Je fis part à Sa Majesté d'un plan que j'avais imaginé pour m'emparer de toute la flotte ennemie, laquelle, affirmaient nos espions, était ancrée dans le port, prête à faire voile vers nous au premier vent favorable. Je me renseignai sur la profondeur de ce canal

auprès des marins les plus expérimentés, et qui avaient fait de nombreux sondages ; ils me dirent qu'on trouvait, au milieu et à marée haute, des fonds de soixante-dix *glumgluffs* (c'est-à-dire environ six pieds, mesure d'Europe). Nulle part ailleurs, on n'avait plus de cinquante *glumgluffs* de fond. J'allai donc vers la côte nord-est, celle qui fait place à Blefuscu, et là, à plat ventre derrière une colline, je tirai ma lunette d'approche pour examiner la flotte ennemie. Elle était forte de cinquante vaisseaux de guerre, et de nombreux navires de transport. Je rentrai alors chez moi et je donnai des ordres (ce droit m'était reconnu) pour qu'on m'apportât en quantité des câbles très forts et des barres de fer. Le câble n'était qu'une mince ficelle, et les barres avaient la longueur et l'épaisseur des aiguilles à tricoter de chez nous. Je triplai le câble pour le rendre plus résistant, et de même, je fis tenir ensemble, en les tordant, trois barres de fer à la fois. Puis je les courbai, leur donnant la forme d'un crochet. Quand j'eus cinquante crochets, je leur mis à chacun un câble, puis je retournai à la côte nord-est, j'ôtai

mon habit, mes souliers et mes bas, ne gardant que mon justaucorps de cuir ; je m'avançai alors dans la mer, une demi-heure environ avant la marée haute. Je marchais aussi vite que je pouvais, et ne me mis à la nage que vers le milieu ; après trente mètres, je repris pied et en moins d'une demi-heure j'avais atteint la flotte. Les ennemis furent pris à ma vue d'une telle frayeur qu'ils sautèrent tous à l'eau et nagèrent vers le rivage, où il s'en rassembla bien trente mille. Je pris alors mon attirail, fixai chaque crochet à la proue d'un navire, où il y a toujours un trou, et fis un gros nœud de tous les câbles ensemble. Tout le temps que dura cette opération, l'ennemi me cribla de milliers de flèches, dont beaucoup se fichèrent dans mes mains et mon visage, ce qui non seulement me causait une très vive douleur, mais me gênait terriblement dans mon travail. Je craignais surtout pour mes yeux, que j'aurais perdus sans aucun doute si je ne m'étais soudain avisé d'un expédient : entre autres affaires personnelles, j'avais dans ma poche secrète une paire de lunettes, qui avait échappé à la fouille des fonctionnaires, ainsi que je l'ai narré plus haut. Je les tirai et les fixai sur mon nez du mieux que je pus ; après quoi, ainsi protégé, je me remis à l'œuvre en dépit des flèches ennemies, dont beaucoup frappaient contre les verres de mes lunettes, sans autre effet que de les endommager un peu.

J'avais maintenant fixé mon dernier crochet. Saisissant d'une main le nœud de cordes, je tirai le tout vers moi — mais pas un vaisseau ne bougea, car ils étaient tous solidement retenus par leurs ancres. Le plus hasardeux me restait à faire : lâchant les cordes, mais laissant en place les crochets, je coupai résolument toutes les amarres à l'aide de mon canif, ce qui me valut plus de deux cents flèches dans les mains et le visage. Après quoi je repris tous mes câbles et, le plus aisément du monde, je me mis à remorquer cinquante des plus grands vaisseaux de guerre ennemis.

Les Blefuscudiens, qui n'avaient rien deviné de mes projets, restèrent tout d'abord stupéfaits, et comme paralysés par la surprise. Ils m'avaient vu couper les amarres, et m'avaient prêté l'intention de laisser leurs navires s'en aller à la dérive, et de s'aborder entre eux. Mais lorsqu'ils virent la flotte tout entière s'éloigner en ordre derrière moi, ils poussèrent un cri de détresse et de désespoir, presque impossible à imaginer ou à décrire. Lorsque je fus hors de danger, je m'arrêtai un peu pour enlever toutes les flèches fichées dans mon visage et dans mes mains et m'oindre de cette pommade que l'on m'avait appliquée peu après mon arrivée, comme je l'ai conté plus haut. Je retirai aussi mes lunettes, et attendis une heure environ, que la marée ait baissé, puis je me mis en marche avec ma prise et arrivai sans encombre au port de guerre de Lilliput.

L'Empereur et toute sa Cour attendaient sur le rivage l'issue de cette grande aventure. Ils virent les

navires qui s'avançaient déployés en demi-cercle, mais
ils ne pouvaient me voir, car j'étais dans l'eau jusqu'à
la poitrine. Quand j'eus atteint le milieu du bras de
mer ils s'inquiétèrent davantage encore, car l'eau atteignait alors mon cou. L'Empereur finit par croire que je
m'étais noyé et que la flotte adverse avait pris l'offen-
sive. Mais il fut bientôt rassuré, car le fond remontait à
chacun de mes pas et dès que je fus à portée de voix,
levant en l'air les câbles qui tiraient les navires, je criai
très haut : « Longue vie au très puissant Empereur de
Lilliput. » Ce grand Prince m'accueillit sur le rivage
avec toutes les louanges imaginables et me conféra à
l'instant même la dignité de *Nardac* — qui est leur plus
haut titre de noblesse. Sa Majesté désirait me voir faire

une deuxième tentative et ramener dans ses ports le reste de la flotte ennemie. Si démesurée est l'ambition des Princes qu'il ne projetait rien de moins que de réduire tout l'Empire de Blefuscu à l'état de province lilliputienne, d'y nommer un Vice-Roi, d'anéantir les exilés gros-boutiens, et de forcer les Blefuscudiens à casser leurs œufs par le petit bout. Ainsi donc il obtiendrait la Royauté universelle. Mais je m'efforçai de le détourner d'un tel projet, en faisant appel à tous les lieux communs de la politique et de la morale, et je l'avertis tout net de ne pas compter sur moi pour réduire en esclavage un peuple libre et courageux : je n'y consentirais jamais. Et quand ce problème fut abordé au Grand Conseil, les Ministres les plus sensés furent de mon opinion. Cette prise de position franche et hardie contraria tellement les projets et la politique de l'Empereur qu'il ne me la pardonna jamais ; il en parla en des termes perfides devant le Conseil où, me dit-on, certains Ministres des plus sensés firent voir, du moins par leur silence, qu'ils étaient de mon avis. Mais d'autres, qui m'étaient secrètement hostiles, ne laissèrent pas d'employer certaines expressions qui, indirectement, me portèrent tort. De ce jour commença à s'ourdir entre Sa Majesté et une camarilla de Ministres coalisés contre moi une intrigue qui se dénoua deux mois plus tard, et faillit me coûter la vie. Tel est le peu de poids des plus grands services rendus aux Princes, quand ils sont mis en balance avec le refus de satisfaire leurs passions.

Environ trois semaines après cet exploit, il arriva de Blefuscu une ambassade solennelle demandant humblement la paix. On la conclut sans tarder à des conditions fort avantageuses pour notre Empereur, mais

dont le détail n'offre aucun intérêt. Il y avait six ambassadeurs, avec une suite de cinq cents personnes et un train dont la magnificence était digne de la grandeur de leur maître et de l'importance de leur mission. Lorsqu'on eut conclu le traité — où je ne fus pas sans aider les Blefuscudiens, grâce au crédit que j'avais, ou croyais avoir à la Cour — Leurs Excellences, averties secrètement de l'appui que je leur avais porté, me firent une visite officielle. Ils commencèrent par me faire de grands compliments sur mon courage et ma générosité et m'invitèrent dans leur pays au nom de leur Empereur et Maître ; ils me prièrent aussi de leur donner quelques preuves de cette force prodigieuse dont on leur avait dit tant de merveilles. Je leur fis très volontiers ce plaisir, mais je veux épargner les détails inutiles à mon lecteur.

Quand j'eus distrait quelque temps Leurs Excellences d'une façon qui leur causa autant de surprise que d'agrément, je les priai de me faire l'honneur de présenter mes très humbles respects à leur Empereur et Maître, qui remplit si noblement l'univers tout entier du renom de ses vertus, et dont je tenais à saluer la royale personne avant de retourner dans mon pays.

Aussi dès que j'eus l'honneur de revoir notre Empereur je lui demandai la permission d'aller rendre visite au monarque blefuscudien, et il me l'accorda, mais en y mettant une froideur qui me frappa. Je ne m'expliquai cette attitude que lorsqu'on m'eut rapporté secrètement que Flimnap et Bolgolam avaient présenté mes entretiens avec les ambassadeurs comme une preuve de désaffection à l'égard de Sa Majesté, sentiment dont mon cœur était parfaitement pur, je l'affirme. Ce fut à cette occasion que j'entrevis pour la première fois ce que sont les cours et les ministres.

Je dois faire remarquer que ces ambassadeurs me parlaient avec l'aide d'interprètes, car les langues des deux Empires sont tout aussi différentes l'une de l'autre que celles de deux nations d'Europe, et chacun des deux peuples vante l'ancienneté, la beauté et le pouvoir expressif de sa langue tout en professant le plus grand mépris pour celle de son voisin. Cependant notre Empereur, fort de sa victoire navale, obligea les ambassadeurs à présenter leurs lettres de créance, et à faire leurs discours en langue lilliputienne. Il faut d'ailleurs reconnaître qu'en raison des étroites relations d'affaires et de commerce qu'ont les deux pays, en raison de l'arrivée fréquente, dans l'un comme dans l'autre, d'exilés politiques, en raison aussi de cette habitude qui leur est commune d'envoyer dans l'île d'en face les jeunes gens des familles aisées et de la noblesse, pour se polir, voir du pays et apprendre l'usage du monde, toute personne de qualité, ou commerçant, ou marin, habitant la côte est pratiquement capable de tenir une conversation dans les deux langues. Je vérifiai ce fait quelques semaines plus tard à Blefuscu, au cours du voyage que j'y fis, pour présenter mes respects à l'Empereur, et qui se révéla providentiel, car il me permit d'échapper à l'emprise de mes ennemis, comme je le raconterai en temps voulu.

Le lecteur se souviendra que certains articles du traité que j'avais signé pour recouvrer ma liberté me déplaisaient fort par leur caractère servile, et que seule l'extrême nécessité où je me trouvais alors m'avait fait les admettre. Mais maintenant que j'avais obtenu la dignité suprême de *Nardac* de l'Empire, on jugea de tels travaux indignes de mon titre, et l'Empereur, je dois lui rendre cette justice, n'y fit jamais allusion. Cependant une occasion se présenta vite de travailler fort utilement pour Sa Majesté — je le croyais du moins à l'époque. Je fus une nuit tiré de mon sommeil par des centaines de voix qui retentirent à ma porte. Ce fut si brusque que j'en restai tout effrayé. J'entendais répéter sans arrêt le mot *Burglum*. Des officiers de la Cour, s'avançant à travers la foule, vinrent me supplier de me rendre au Palais sans retard : les appartements de l'Impératrice étaient en flammes. Le sinistre était dû à la négligence d'une dame d'honneur, qui s'était endormie en lisant un roman. Je me levai aussitôt. On fit s'écarter les gens devant moi, et, grâce aussi au beau clair de lune qu'il faisait cette nuit-là, j'eus la bonne fortune d'arriver au Palais sans écraser personne. J'y trouvais des échelles déjà dressées contre le mur, et les seaux répartis en bon nombre. Mais l'eau se trouvait loin ; les seaux avaient la taille d'un gros dé à coudre et les pauvres gens me les passaient aussi vite qu'ils pouvaient, mais l'incendie faisait rage et l'on n'avançait pas. J'aurais pu l'étouffer sans trop de mal avec ma veste, mais, dans ma hâte, j'étais sorti sans elle et n'avais que mon justaucorps de cuir. Les choses

se présentaient donc très mal, et c'était déplorable ; ce
magnifique Palais allait être réduit par le feu jusqu'au
sol, lorsque soudain, avec une présence d'esprit qui ne
m'est pas habituelle, j'eus l'idée d'une solution : j'avais
bu la veille de grandes quantités d'un vin délicieux
appelé *Glimigrin* (les Blefuscudiens l'appelent *Flunec*,
mais le nôtre est plus apprécié) qui est très diurétique.
Et par le plus grand hasard, je n'avais pas encore vidé
ma vessie. En m'approchant ainsi des flammes et en

travaillant dur à les éteindre, je m'échauffais tellement que le vin commença à opérer : j'eus envie d'uriner ; et je le fis si abondamment et en visant si juste qu'en trois minutes le feu était noyé. Et le reste de ce noble édifice, qui avait coûté tant de siècles de travail, fut préservé de la ruine.

Il faisait déjà grand jour et je rentrai directement chez moi, sans attendre d'avoir salué l'Empereur. Je lui avait rendu, certes, un signalé service, mais enfin j'ignorais comment Sa Majesté apprécierait la façon dont je le lui avais rendu. Car c'est une loi fondamentale du Royaume, que personne, de quelque rang que ce soit, ne peut faire pipi dans l'enceinte du Palais. Je fus un peu rassuré par un message de Sa Majesté, m'annonçant qu'il allait faire rédiger par son Garde des Sceaux l'acte de mon pardon. En fait ce document ne me fut jamais remis. Quant à l'Impératrice, on m'avertit sous le manteau qu'elle avait été écœurée de ma conduite. Elle avait déménagé à l'autre bout du château et prévenu que si l'on réparait l'aile endommagée, ce ne serait pas pour elle. A ses confidentes, elle disait : « Je saurai me venger de lui, je vous le jure. »

Chapitre VI

Les Lilliputiens. — Leurs sciences, leurs lois, leurs coutumes, l'éducation des enfants. — Mode de vie de l'auteur à Lilliput. — Plaidoyer en faveur d'une grande dame.

La description de l'Empire de Lilliput doit faire l'object d'un traité particulier, mais en attendant que cet ouvrage ait paru, le lecteur voudra peut-être avoir quelques notions générales. Je suis heureux de les lui donner ici. La taille moyenne des habitants est un peu inférieure à six pouces, celle de tous les animaux, celle des arbres et des plantes leur sont exactement proportionnées : par exemple, les chevaux et les bœufs sont hauts de cinq à six pouces à l'encolure, les moutons de un pouce et demi, à peu près, leurs oies sont grosses comme des moineaux, et le reste à l'avenant, de sorte que les plus petites bêtes étaient pour moi presque invisibles. Mais la nature a adapté les yeux des Lilliputiens à la taille des objets qu'ils ont à voir : leur vue est extrêmement perçante, mais de faible portée. Je me plus un jour à regarder un cuisinier qui plumait une alouette pas plus grosse qu'une mouche de nos pays et

une jeune fille enfilant à un fil invisible une aiguille que je ne voyais pas mieux. Leurs arbres les plus hauts peuvent atteindre jusqu'à sept pieds, mais je n'en ai vu de cette taille que dans le Parc royal : je pouvais tout juste toucher leur cime de ma main. Les autres plantes sont en proportion, mais je laisse au lecteur le soin de les imaginer.

Je ne m'étendrai pas ici sur leurs connaissances, qui sont très variées, dans ce pays de vieille et florissante culture, mais leur écriture est très particulière : ils n'écrivent ni de droite à gauche comme les Arabes, ni de gauche à droite comme les Européens, ni de haut en bas comme les Chinois, ni de bas en haut comme les Cascagiens, mais en oblique, d'un coin à l'autre de la feuille, comme les grandes dames en Angleterre.

Ils enterrent leurs morts la tête en bas, parce qu'ils croient qu'ils vont tous ressusciter dans onze mille lunes ; à ce moment-là, la terre, qu'ils conçoivent comme une grande plaque, se retournera sur l'autre

face et les morts se retrouveront de la sorte debout sur leurs pieds, au jour de la résurrection. Les esprits éclairés reconnaissent l'absurdité de cette doctrine, mais l'usage subsiste, pour ne pas rompre avec une tradition populaire.

Il y a dans cet Empire des lois et des coutumes très singulières, et que je serais assez tenté de défendre si elles n'étaient si directement contraires à celles de ma chère patrie. Les leurs sont en tout cas fort bien observées, ce qu'on pourrait souhaiter aux nôtres. La première que je mentionnerai est la loi sur les délateurs : tous les crimes contre l'Etat sont ici punis avec une extrême rigueur, mais si la personne mise en accusation peut au cours du procès prouver son innocence, alors l'accusateur est aussitôt ignominieusement mis à mort et ses biens ou propriétés servent à dédommager au quadruple l'innocent, pour le temps qu'il a perdu, pour le danger qu'il a couru, pour les rigueurs de sa captivité et pour les frais de sa défense. Si les biens confisqués sont insuffisants, la Couronne paye sans marchander le reste. De plus l'Empereur donne une marque publique de son estime à l'homme faussement accusé et fait proclamer son innocence dans toute la ville.

Ils tiennent l'escroquerie pour un crime plus grave que le vol, et la punissent presque toujours de mort, car, expliquent-ils, tout homme moyennement doué peut se défendre des voleurs, en prenant quelques précautions tandis que l'honnêteté est désarmée devant un habile escroc ; or, la vente, l'achat, les affaires, toutes choses indispensables, ne se conçoivent que dans un climat de confiance. Si donc la fraude est permise ou tolérée, ou impossible à punir, c'est toujours l'honnête homme qui se trouvera pris, et le coquin qui aura l'avantage. Je me rappelle avoir une fois intercédé auprès du Roi en faveur d'un criminel qui avait détourné une importante somme d'argent, appartenant à son maître, la touchant en son nom, et s'enfuyant avec. J'en vins à dire à Sa Majesté, pensant diminuer à ses yeux la gravité du crime, qu'il se réduisait à un abus de confiance — or, l'Empereur jugea monstrueux qu'on pût présenter comme circonstance atténuante la circonstance aggravante entre toutes. De fait il ne me vint pas d'autre réponse à l'esprit que le banal proverbe : autres lieux, autres mœurs, car, je l'avoue, j'étais couvert de honte.

Bien que nous ayons toujours à la bouche ce principe que récompense et châtiment sont les deux piliers de l'Etat, je ne l'ai jamais vu mis en application ailleurs qu'à Lilliput. Là-bas quiconque peut établir de façon probante qu'il a strictement observé les lois de son pays depuis soixante-treize lunes, a droit à certains privilèges variables selon sa naissance et sa condition, ainsi qu'à des récompenses en argent, payées sur une caisse spéciale et également variable. Il reçoit en plus le titre de *Snilpall*, c'est-à-dire Loyal, qu'il ajoute à son nom, mais qui n'est pas héréditaire. Et quand je leur dis que chez nous les lois s'appliquaient à grand renfort de châtiments, mais qu'on ne parlait même pas de récompenses, ils s'étonnèrent de cette prodigieuse faute politique. C'est intentionnellement que, dans leurs tribunaux, ils représentent la Justice — qui a d'ailleurs six yeux, deux devant, deux derrière, et un de chaque côté, symbole de la circonspection — avec, dans sa main droite, un sac d'or grand ouvert et, dans sa main gauche, une épée au fourreau. Ils veulent faire comprendre qu'elle incline à récompenser plutôt qu'à punir.

Lorsqu'ils ont à choisir parmi plusieurs candidats à quelque office, ils regardent aux qualités morales, plus qu'aux dons de l'intelligence. Le gouvernement des hommes étant en effet une nécessité naturelle, ils supposent qu'une intelligence normale sera toujours à la hauteur de son rôle et que la Providence n'eut jamais le dessein de rendre la conduite des affaires publiques si mystérieuse et difficile qu'on la dût réserver à quelques rares génies — tels qu'il n'en naît guère que deux ou trois par siècle. Ils pensent au contraire que la loyauté, la justice, la tempérance et autres vertus sont à la portée de tous, et que la pratique de ces vertus, aidée de quelque expérience et d'une intention honnête, peut donner à tout citoyen capacité pour servir son pays, sauf aux postes qui exigent des connaissances spéciales. Ils ne pensent pas qu'une intelligence supérieure puisse pallier l'absence des vertus morales — bien au contraire, jamais ils n'oseraient confier un poste à un homme de ce genre, car on tient les fautes commises par l'ignorance d'un homme intègre pour infiniment moins préjudiciables au bien commun que les intrigues d'un homme sans scrupules et assez habile pour organiser, multiplier et défendre ses mal-honnêtetés.

De la même façon, un homme qui ne croit pas à une providence divine sera écarté de toute fonction publique. En effet, puisque les Rois se disent les représentants sur terre de la Divinité, les Lilliputiens pensent qu'un Prince agirait avec une grande inconséquence s'il prenait à son service des hommes rejetant l'autorité de laquelle il se réclame.

Précisons que je ne décris et vais décrire les institutions de Lilliput que dans l'état où elles étaient à l'origine et non dans celui de scandaleuse corruption, où les firent tomber plus tard les vices inhérents à la nature humaine. Signalons par exemple que des pratiques indignes telles que la danse sur la corde raide pour obtenir les grandes charges, ou les exercices de saut ou de reptation au-dessus ou au-dessous d'un bâton pour quémander des rubans honorifiques, n'ont été introduites que par l'aïeul de l'Empereur actuel, et n'ont acquis tellement d'importance qu'à cause des luttes toujours plus vives entre les partis.

L'ingratitude est chez eux un crime capital — comme jadis, nous apprend-on, chez d'autres peuples. Leur raisonnement est le suivant : celui qui fait du mal à son bienfaiteur, comment restera-t-il sans en faire à tout le reste des hommes, de qui il n'a pas reçu de bienfaits ? Il ne convient donc pas de le laisser vivre.

Ils ne conçoivent pas du tout comme nous les devoirs des parents et des enfants. C'est, en effet, uniquement parce qu'ils y sont poussés par la Nature que les sexes se rapprochent. L'ordre naturel veut la conservation et la propagation des espèces, mais pour les Lilliputiens, l'homme et la femme, comme tous les animaux, n'ont de rapports que pour satisfaire leurs désirs. De même la tendresse des parents pour leurs enfants est, selon eux, d'origine purement physiologique. On ne leur fera pas admettre que les enfants restent les obligés du père qui les a engendrés et de la mère qui les a mis au monde. Car il ne s'agit pas là d'un bienfait en soi, étant donné les misères de la vie, et d'autre part les parents avaient bien autre chose en tête lors de leurs ébats amoureux. Pour ces raisons et d'autres du même ordre, les parents sont les derniers à qui l'on puisse confier l'éducation de leurs enfants, et c'est pourquoi on trouve dans toutes les villes des pensions d'Etat où tous les parents, sauf ceux qui vivent à la campagne, doivent obligatoirement faire élever leurs enfants des deux sexes, à partir de l'âge de vingt lunes, où l'on pense qu'ils ont acquis un minimum de docilité. Ces écoles sont différentes selon le sexe et l'origine de leurs élèves. Des maîtres très expérimentés y préparent les enfants à l'avenir qui convient à leur naissance, mais aussi à leurs capacités et à leurs goûts personnels. Disons quelques mots des pensionnats de garçons ; nous parlerons après des pensionnats de filles.

Les collèges de garçons de familles nobles ou fortunées sont dirigés par des maîtres graves et savants aidés de divers assistants. Les vêtements et la nourriture des enfants y sont très simples. On leur inculque des principes d'honneur, de justice et de courage, de modestie, de clémence et de religion, sans oublier l'amour de leur patrie. Ils ont toujours quelque chose à faire, sauf pendant le temps réservé aux repas ou au sommeil, qui est d'ailleurs très court, et deux heures de récréation que l'on consacre aux exercices corporels. Ce sont des hommes qui les habillent jusqu'à l'âge de quatre ans, ensuite ils doivent s'habiller tout seuls, même lorsqu'ils sont de très haute naissance. Les femmes qui sont employées dans ces maisons ont au moins cinquante ans de notre âge et sont confinées aux tâches subalternes. On ne permet jamais aux enfants de bavarder avec les domestiques, mais ils prennent leur récréation ensemble, par petits groupes, et toujours sous la surveillance d'un professeur ou d'un assistant : on leur évite d'être prématurément en contact avec les vices et les folies humaines, comme trop de nos enfants. On n'accorde aux parents que deux visites annuelles, et ces visites ne peuvent durer plus d'une heure. Ils peuvent embrasser leurs enfants en arrivant et en partant, mais ne doivent ni leur parler à l'oreille ni leur remettre jouets, bonbons ou autres babioles. Il y a toujours un professeur au parloir pour les en empêcher.

Les familles sont tenues de payer les frais d'entretien et d'éducation de leurs enfants, et les huissiers royaux perçoivent au besoin l'écolage.

Les collèges destinés aux fils de bourgeois, commerçants et artisans sont organisés à peu près de la même façon ; mais les futurs marchands sont envoyés en apprentissage dès leur septième année, tandis que les bourgeois plus riches poursuivent leur formation jusqu'à l'âge de quinze ans (ce qui fait vingt et un ans de notre âge). Pendant les dernières années, pourtant, on leur laisse progressivement plus de liberté.

Dans les pensions de filles, les jeunes personnes de qualité reçoivent presque la même éducation que les garçons. Seulement ce sont des domestiques de leur sexe (attachées à l'établissement et non à leur personne) qui les habillent, et toujours en présence d'un professeur, ou d'un assistant. Ceci jusqu'à ce qu'elles atteignent l'âge de cinq ans, où elles doivent s'habiller seules. Et si l'on surprend l'une des bonnes à raconter aux enfants des histoires stupides ou terrifiantes ou bien à faire une de ces sottises qui plaisent tant à nos chambrières, elle est fouettée publiquement par les rues de la ville, condamnée à un an de prison et bannie dans le coin le plus déshérité du royaume. Grâce à ces mesures, les jeunes filles là-bas fuient autant que les hommes la lâcheté et la niaiserie et ne veulent d'autres parures que la bienséance et la propreté. Je n'ai pas vu beaucoup de différence entre l'éducation des garçons et celle des filles, sinon que pour ces dernières les exercices corporels étaient moins rudes, et les programmes d'études un peu moins chargés ; mais on leur donne en revanche quelques notions d'économie domestique. Car les Lilliputiens estiment très important de former les jeunes filles de la bonne société à être des épouses sensées et de comgagnie agréable, attendu qu'elles ne peuvent pas rester toujours jeunes.

Lorsque les jeunes filles atteignent leur douzième année (ce qui est là-bas l'âge du mariage), leurs parents ou tuteurs les reprennent chez eux, non sans exprimer leur vive reconnaissance aux professeurs, et il est bien rare que ce départ se fasse sans quelques larmes de la jeune personne et de ses compagnes de pension.

Les collèges de filles d'un rang plus modeste initient leurs élèves à des tâches différentes, selon l'avenir qui les attend : celles qui doivent entrer en apprentissage quittent l'école à sept ans, les autres y restent jusqu'à onze.

Les familles modestes qui ont des enfants dans les collèges d'Etat doivent, en dehors de la pension annuelle qui est aussi modique que possible, remettre chaque mois à l'intendant une petite partie de leurs gains, destinée à constituer une dot, ce qui implique pour l'Etat le droit de surveiller leurs dépenses. Car les Lilliputiens pensent que rien ne serait plus injuste que de laisser les gens procréer des enfants pour satisfaire leurs instinct, en s'en remettant à la société du soin de les faire vivre. Quant aux gens de qualité, ils versent pour chaque enfant une somme qui doit lui permettre de soutenir son rang. Ces fonds sont gérés avec sagesse, et la plus grande honnêteté.

Les fermiers et les laboureurs gardent leurs enfants chez eux. Comme leur rôle se borne à cultiver la terre, l'Etat n'a aucun intérêt à en faire des gens instruits, mais leurs malades et leurs vieillards sont recueillis dans des hôpitaux, car la mendicité est un métier inconnu dans cet Empire.

Il ne sera peut-être pas sans intérêt pour la curiosité du lecteur d'avoir quelques détails sur mon installation et sur mon mode de vie dans ce pays où je séjournai neuf mois et treize jours. Poussé par la nécessité (et n'ayant jamais été maladroit de mes mains), je réussis à me faire une table et une chaise assez commodes, avec les arbres les plus grands du Parc royal. Deux cents couturières furent chargées de la confection de mon linge de corps, de la literie et du linge de table. Elles prirent la toile la plus rude et la plus forte

qu'elles pussent trouver et durent pourtant la mettre en trois épaisseurs, car la plus grosse était encore plus fine que la batiste. La toile, à Lilliput, se vend surtout sous forme de pièces de trois pieds de long sur deux pouces de large. Je me couchai par terre pour que les couturières pussent prendre mes mesures : l'une d'elles, juchée sur mon cou, une autre sur mon genou, tenaient tendue une corde qu'une troisième mesura avec une aune longue d'un pouce. Ensuite, elles prirent mon tour de pouce et n'en demandèrent pas davantage. En appliquant la formule mathématique : deux tours de pouce valent un tour de poignet et ainsi de suite jusqu'au tour de cou et de taille ; en s'inspirant aussi de ma vieille chemise que j'avais étalée par terre pour leur servir de patron, elle m'habillèrent parfaitement. On m'envoya aussi trois cents tailleurs pour couper mes habits, mais ils usèrent d'un autre procédé pour prendre mes mesures : je me mis à genoux et ils appliquèrent une échelle contre mā nuque. Du haut de cette échelle, l'un des tailleurs tendit un fil à plomb, qui donna exactement la longueur de la veste — mais je mesurai moi-même les manches et le tour de taille. Ils

confectionnèrent le costume chez moi, car aucune de leurs maisons n'aurait pu le contenir. Quand il fut terminé, il ressemblait à un habit d'Arlequin, avec cette différence que tous les morceaux étaient de la même couleur.

Pour préparer mes repas j'avais trois cents cuisiniers, installés avec leurs familles dans de petits logements dressés tout autour de ma maison ; chacun d'eux devait me préparer deux plats. Je prenais dans ma main vingt laquais que je posais sur la table ; cent autres attendaient en bas, avec des plats de viandes ou des barils de vin ou d'autres liqueurs que l'on hissait sur la table, au fur et à mesure de mes besoins, par un système très ingénieux de cordes et de poulies comme il y en a sur les puits en Angleterre. Chacun de ces plats me faisait une bonne bouchée, et chaque baril une bonne rasade. Leur mouton ne vaut pas le nôtre, mais leur bœuf est excellent. On me servit une fois un aloyau si gros que j'en fis trois bouchées, mais ce fut exceptionnel. Mes serviteurs s'émerveillaient de me voir avaler tout, même les os, comme chez nous on croque une cuisse d'alouette. Des oies et des dindes, je ne faisais d'habitude qu'une bouchée et je dois reconnaître qu'elles sont bien supérieures aux nôtres. Quant

aux menues volailles, j'en piquais jusqu'à vingt ou trente sur la pointe de mon couteau.

Un jour Sa Majesté Impériale, s'étant informée de ma manière de vivre, me demanda la faveur — ainsi qu'elle daigna le dire — d'être invitée chez moi, avec Sa Majesté la Reine et les jeunes Princes ou Princesses du sang. Ils vinrent donc, et je les installai en face de moi dans des fauteuils d'apparat placés sur ma table, leurs gardes autour d'eux. Flimnap, le Grand Trésorier, était également présent, son bâton blanc à la main. Je remarquai bien qu'il me regardait d'un œil hostile, mais je fis semblant de n'en rien voir, et mangeai plus qu'à l'ordinaire, tant pour faire honneur à ma chère patrie que pour remplir la Cour d'admiration. J'ai tout lieu de penser que cette visite de Sa Majesté donna au Trésorier l'occasion de me desservir auprès de son maître. Ce ministre avait toujours été secrètement mon ennemi, bien qu'il fît montre à mon égard d'une amabilité qui surprenait chez cet homme habituellement morose. Il rappela à Sa Majesté les difficultés de ses finances, et comment il lui fallait faire des emprunts à de gros intérêts ; que les bons du trésor étaient tombés à neuf pour cent au-dessous du pair ; et qu'en un mot j'avais déjà coûté à Sa Majesté un million et demi de *sprugs* (c'est leur plus grosse pièce d'or, de la taille d'une paillette ronde), de sorte qu'il serait expédient, à la première occasion, de me congédier poliment.

Je me trouve ici dans l'obligation de défendre l'honneur d'une dame fort distinguée, qui fut, à mon sujet, l'innocente victime d'une calomnie : le Grand Trésorier se mit en tête d'être jaloux de sa femme, par la faute de quelques mauvaises langues, qui lui rapportèrent qu'elle s'était prise de passion pour moi. Je reconnais qu'elle venait souvent en visite. Le bruit courut même qu'elle était venue me voir une fois en secret : c'est là, je le déclare solennellement, une infâme calomnie et qui n'a d'autre fondement que les marques innocentes de bonté et de confiance qu'elle se plaisait à me donner. Si elle venait me rendre visite c'était toujours au vu et su de tous et jamais sans être accompagnée d'au moins trois personnes, qui étaient le plus souvent sa sœur, une de ses jeunes filles, et une amie intime. Et d'ailleurs bien d'autres dames de la Cour venaient me voir dans les mêmes conditions. Tous mes domestiques, de plus, pourront témoigner que jamais ils n'ont vu un carrosse à ma porte sans savoir qui s'y trouvait. Quand un laquais m'annonçait quelque visite, j'avais coutume d'aller à la porte présenter mes respects, puis je prenais délicatement dans mes mains le carrosse et les deux chevaux (car quand il y en avait six, le cocher avait soin de dételer les autres) et les posais sur ma table, que je munissais au préalable d'un garde-fou amovible de cinq pouces de haut, pour prévenir tout accident. Il m'est arrivé souvent d'avoir quatre carrosses en même temps avec leurs chevaux sur ma table, ce qui faisait pas mal de

monde. J'étais assis sur ma chaise et penchais mon visage vers mes visiteurs. Tandis que je conversais avec les occupants d'un carrosse, les cochers menaient les autres doucement autour de la table. J'ai passé ainsi beaucoup d'après-midi charmants, mais je défie le Grand Trésorier, ou ses deux indicateurs : les nommés Clustril et Drunlo (s'ils n'aiment pas la publicité, tant pis pour eux), de prouver que personne soit jamais venu me voir incognito — sauf le Secrétaire Reldresal, et par ordre exprès de Sa Majesté, comme je l'ai conté plus haut. Je n'aurais pas donné tous ces détails s'ils n'intéressaient pas de si près la réputation d'une grande dame — sans compter la mienne — car je portais alors le titre de *Nardac,* que le Trésorier lui-même n'a pas. Chacun sait, en effet, qu'il n'est que *Clumglum,* titre inférieur d'un degré à celui de *Nardac,* comme *marquis* l'est à *duc* en Angleterre. Mais j'admets que sa charge lui ait donné le pas sur moi. Ces rapports mensongers, dont je n'eus connaissance que plus tard — il importe peu de savoir comment —, firent que Flimnap resta en froid avec sa femme pendant quelque temps, et avec moi-même encore bien plus longtemps. Et si en fin de compte, reconnaissant s'être trompé, il se réconcilia avec elle, je ne retrouvai jamais pour ma part son amitié, et je vis bientôt mon crédit décliner auprès de l'Empereur lui-même, dont il était le tout-puissant favori.

Chapitre VII

L'auteur, se sachant menacé d'un procès de haute trahison, s'échappe à Blefuscu. — L'accueil qu'il reçut en cette île.

Avant de narrer à mon lecteur comment je quittai Lilliput, il convient que je l'instruise d'un complot qui, depuis deux mois, se tramait contre moi.

Ma vie s'était jusque-là écoulée loin des Cours, d'où m'excluait mon humble condition. J'avais, il est vrai, lu et entendu bien des choses sur les caprices des grands princes et de leurs ministres — mais j'étais loin d'imaginer qu'ils puissent avoir des conséquences aussi terribles dans un pays si lointain, et gouverné, me semblait-il, selon d'autres principes que les Etats d'Europe.

Alors que je faisais mes préparatifs pour rendre visite à l'Empereur de Blefuscu, un homme de haut rang à la Cour (à qui j'avais rendu un très grand service quand il se trouvait complètement en disgrâce) vint me trouver en secret, la nuit, dans une chaise à porteurs fermée. Il demanda à se faire recevoir sans révéler son nom, et renvoya aussitôt les porteurs. Je mis dans ma poche la chaise, avec Sa Seigneurie

dedans, et je fis dire par un serviteur dévoué que j'étais souffrant et que je dormais. Puis je fermai ma porte à clef, déposai la chaise sur ma table, comme d'habitude, et m'assis en face de mon visiteur. Après les compliments d'usage, je notai que son visage paraissait fort soucieux, et je lui en demandai la cause ; il me pria alors de l'écouter avec patience sur un sujet qui intéressait directement ma vie. Voici donc ce qu'il me dit, et dont je pris note après son départ :

« Il faut que vous sachiez, commença-t-il, que votre cas vient de faire l'objet de plusieurs réunions secrètes du Cabinet, mais il y a seulement deux jours que Sa Majesté a pris une décision définitive.

« Vous n'ignorez pas que Skyris Bolgolam (le *Galbet* ou Grand Amiral) est votre mortel ennemi presque depuis le jour de votre arrivée ; je ne sais ce qui l'a poussé à l'origine, mais sa haine n'a fait que grandir avec votre victoire sur Blefuscu, dont son prestige d'amiral a souffert. C'est lui qui, de concert avec le Grand Trésorier Flimnap (qui, comme chacun sait vous en veut à cause de sa femme), avec le Général Limtoc, le Grand Chambellan Lalcon et le Grand Justicier Balmuff, a rédigé votre mise en accusation, vous inculpant de haute trahison et autres crimes punissables de mort. »

Ce préambule me fit bondir. Touché au vif dans le sentiment de mon innocence et la conscience de mes mérites, je voulus interrompre mon visiteur ; mais il me pria de le laisser poursuivre et reprit en ces termes : « En reconnaissance des services que vous m'avez rendus, je me suis procuré une minute des débats du Conseil, ainsi qu'une copie de l'acte d'accusation — c'est dire que je risque ma tête pour vous rendre service.

ACTE D'ACCUSATION DRESSÉ CONTRE QUINBUS FLESTRIN L'HOMME-MONTAGNE

ARTICLE I. Nonobstant le décret pris sous le règne de Sa Majesté Impériale Calin Deffar Plume, comme quoi le fait d'urine dans l'enceinte du Palais royal serait assimilé à un crime de haute trahison et puni comme tel, le nommé Quinbus Flestrin, en contravention audit décret, et sous couvert d'éteindre le feu qui avait pris dans les appartements de notre très aimée Dame et Maîtresse Sa Majesté l'Impératrice, a, par malice, diablerie et traîtrise, noyé ledit feu par projection de son urine, alors qu'il était et se trouvait dans l'enceinte dudit Palais royal. A l'encontre des textes régissant le cas etc., à l'encontre des obligations etc.

ARTICLE II. Ledit Quinbus Flestrin, ayant amené dans notre port royal la flotte impériale de Blefuscu et recevant de Sa Majesté Impériale l'ordre de s'emparer de tous les autres navires dudit Empire de Blefuscu ; de réduire cet Empire à l'état de province, gouvernée par un Vice-Roi nommé par Sa Majesté ; d'exterminer et de mettre à mort non seulement les exilés gros-boutiens, mais aussi tout habitant dudit Empire refusant d'abjurer sur-le-champ l'hérésie gros-boutienne, ledit Quinbus Flestrin a, par félonie et traîtrise envers sa Sérénissime et Très Miséricordieuse Majesté Impériale, réclamé d'être dispensé dudit service, par une prétendue répugnance à contraindre les consciences et attenter à la vie ou à la liberté d'un peuple innocent.

ARTICLE III. Certains ambassadeurs étant venus de la Cour de Blefuscu à la Cour de Sa Majesté pour obtenir la paix, ledit Quinbus Flestrin a, par félonie et traîtrise, aidé, assisté, reçu et diverti lesdits ambassadeurs, nonobstant leur qualité de serviteurs d'un Prince récemment en guerre ouverte et hostilités déclarées contre Sa Majesté l'Empereur, et en pleine connaissance de cause.

ARTICLE IV. Ledit Quinbus Flestrin a, contrairement au devoir d'un fidèle sujet, fait des préparatifs pour se rendre à la Cour de Blefuscu, bien qu'il n'ait reçu de Sa Majesté Impériale qu'une permission orale, et a l'intention, au cours de ce voyage, d'utiliser par fausseté et traîtrise ladite permission orale pour aider, encourager, et assister l'Empereur de Blefuscu, récemment en guerre et hostilités déclarées contre Sa Majesté Impériale.

« Il y a encore quelques articles, mais ce sont les plus importants dont je vous ai lu l'abrégé.

« Il faut reconnaître que, dans les débats sur votre mise en accusation, Sa Majesté a donné de nombreuses preuves de sa grande magnanimité, en rappelant souvent les services que vous lui aviez rendus, et en tâchant de diminuer la gravité de vos crimes. Le Grand Trésorier et le Grand Amiral voulaient qu'on vous infligeât une mort ignominieuse et très cruelle, par exemple en mettant le feu à votre demeure pendant la nuit, et en la faisant cerner par le Général à la tête de vingt mille hommes prêts à cribler de flèches empoisonnées votre visage et vos mains. On proposait aussi de verser à votre insu sur vos draps et votre linge un suc vénéneux qui vous eût tôt fait mourir dans des souffrances atroces, et en lacérant vos chairs de vos propres ongles. Le Général se rangea à cet avis, de sorte que la majorité se trouva longtemps contre vous. Mais Sa Majesté, résolue à vous sauver la vie, s'il le pouvait, finit par gagner le suffrage du Grand Chambellan. Là-dessus, l'Empereur interrogea un de vos bons amis de toujours : Reldresal, le Premier Secrétaire d'Etat pour les Affaires privées. Celui-ci donna son avis, et se montra, une fois de plus, digne de l'es-

time que vous lui portez. Il reconnaissait toute la gra
vité de vos crimes, mais n'en fit pas moins appel à la
clémence, vertu louable entre toutes, et pour laquelle
Sa Majesté est si justement célèbre. Il ajouta que l'amitié qui vous unissait tous les deux était si bien connue
de tous qu'on pourrait peut-être le croire prévenu en
votre faveur, mais que néanmoins, obéissant à l'ordre
reçu, il donnerait son avis en toute franchise. Si donc
Sa Majesté, en considération des services que vous
aviez rendus, et suivant sa pente naturelle, qui était la
bonté et l'indulgence, daignait vous faire grâce de la
vie, et se contentait de vous faire arracher les deux
yeux, il se permettrait de croire que, grâce à cet expédient, la justice se trouverait en partie satisfaite, et le
monde entier célébrerait la magnanimité de l'Empereur, ainsi que le jugement équitable et généreux de
ceux qui ont l'honneur d'être ses conseillers ; que
d'autre part la perte de vos yeux ne nuirait en rien à
votre force, qui pourrait toujours être utilisée au service de Sa Majesté ; que la cécité n'exclut pas non plus
la bravoure, bien au contraire, puisqu'elle dérobe les
dangers à nos yeux ; d'ailleurs c'était précisément la
crainte de devenir aveugle qui vous avait le plus para-
lysé au cours de votre expédition contre la flotte
ennemie ; et qu'enfin vous n'aviez nul besoin de voir
par d'autres yeux que par les yeux des Ministres,
puisque même les plus grands Princes en sont là.

« Cette proposition ne recueillit qu'une désapprobation générale. L'Amiral Bolgolam ne put garder son
sang-froid, et transporté de fureur, se leva, et prit la
parole : il demandait comment le Secrétaire osait intervenir pour défendre la vie d'un traître, affirmant que
les services que vous aviez rendus, si l'on tenait

compte de la raison d'Etat, augmentaient la gravité de vos crimes ; que si vous étiez capable d'éteindre un incendie en arrosant d'urine les appartements de l'Impératrice (attentat qu'il ne pouvait rappeler sans frémir d'horreur), vous pourriez aussi bien, quelque autre jour, et de la même façon, noyer tout le Palais impérial ; que cette force même qui vous avait permis de capturer la flotte ennemie, vous permettrait, au premier sujet de mécontentement, de la ramener dans leur port ; qu'enfin, il avait tout lieu de croire que, dans votre cœur, vous étiez un Gros-Boutien ; et que, comme c'est dans le cœur que grandit la trahison avant de se révéler par des actes, il vous déclarait donc traître, et à ce titre requérait contre vous la peine de mort.

« Le Trésorier était de son avis. Il montra que votre entretien représentait pour les finances de Sa Majesté une charge très pénible, et qui serait à la longue écrasante ; que la solution de vous crever les yeux, préconisée par le Secrétaire, loin d'être satisfaisante, ne ferait sans doute qu'aggraver le cas, à preuve cette pratique des éleveurs qui crèvent les yeux de leurs volailles pour leur donner plus d'appétit, et les engraisser plus vite ; que Sa Très Auguste Majesté ainsi que tous les conseillers qui constituaient votre tribunal étaient dans leur conscience pleinement convaincus de votre culpabilité, ce qui était une raison suffisante pour vous condamner à mort, même sans tenir les preuves formelles qu'exigerait la loi, si on la voulait suivre à la lettre.

« Mais Sa Majesté Impériale, qui ne voulait absolument pas de votre exécution, eut la grande bonté d'exprimer l'opinion que, si la privation de vos yeux était considérée comme une peine trop légère, on pourrait lui en adjoindre une autre. Alors votre ami le Secrétaire redemanda humblement la parole, et, puisque le Trésorier de Sa Majesté s'était plaint de la très lourde charge que vous représentiez, il fit ressortir qu'il n'était pas difficile à Son Excellence, qui gère à lui tout seul les biens de l'Empereur, de remédier à cet état de choses, en diminuant peu à peu vos rations : ainsi, faute de nourriture, vous vous affaibliriez progressivement ; bientôt, vous perdriez tout à fait l'appétit ; et, en quelques mois, vous seriez mort. La décomposition de votre cadavre serait alors beaucoup moins dangereuse, puisque votre volume aurait diminué au moins de la moitié. D'ailleurs, aussitôt après votre mort, cinq ou six mille sujets de Sa Majesté pourraient très bien en deux ou trois jours nettoyer vos os de leur chair, et transporter celle-ci dans des charrettes pour aller l'enterrer au loin ; on éviterait ainsi tout risque d'épidémie, mais on conserverait le squelette comme un objet d'admiration pour les générations à venir.

« Ainsi, grâce à la grande amitié que vous porte le Secrétaire, toute l'affaire s'est conclue par un compromis. On décida de maintenir absolument secret le projet de vous faire mourir peu à peu d'inanition, mais la décision de vous crever les yeux demeure au procès-verbal. Il n'y eut pas d'autre opposition que celle de l'amiral Bolgolam, qui est une créature de l'Impératrice et qui n'a cessé de réclamer votre mort. C'est elle qui le pousse bien sûr, car elle ne vous pardonnera jamais l'infâme et illégal procédé que vous avez employé pour éteindre l'incendie de ses appartements.

« Dans trois jours, donc, votre ami le Secrétaire d'Etat sera mandé officiellement pour vous lire l'acte

d'accusation, puis il vous notifiera la mesure d'indulgence et la grande faveur dont vous êtes l'objet, de la
part de Sa Majesté et de son Conseil, et qui vous vaut
de n'être condamné qu'à la perte de la vue ; Sa Majesté
ne doute pas que vous vous soumettrez à cet arrêt avec
humilité et reconnaissance, et vingt chirurgiens de Sa
Majesté seront chargés de veiller à ce qu'il s'exécute
bien. On vous priera donc de vous coucher à terre, et
on tirera dans vos prunelles des flèches particulière-
ment bien aiguisées.

« Je laisse à votre prudence le soin de décider ce qui
vous reste à faire. Quant à moi, il faut que je m'en
retourne sur l'heure, et aussi discrètement que je suis
venu, sinon j'éveillerais les soupçons. »

Il s'en alla donc et je restai tout seul, l'esprit rempli
d'angoisse et de perplexité.

L'Empereur d'alors et ses ministres avaient mis en
usage un étrange procédé, dont on m'assura qu'il était
bien opposé à toutes les traditions anciennes. Chaque
fois que la Cour dictait quelque sentence cruelle, pour
assouvir la rancune du Prince ou la haine d'un favori,
l'Empereur faisait un discours en séance plénière du
Conseil. Il y parlait de sa bonté d'âme et de sa douceur, comme de vertus que le monde entier se plaisait à
reconnaître. Ce discours était aussitôt publié dans tout
le Royaume, et rien ne terrifiait autant la population
que ces panégyriques de la clémence royale, car on
avait remarqué que de tels éloges étaient d'autant plus
outrés que la sentence était plus inhumaine et la victime plus innocente. Quant à moi, je dois avouer que
n'étant préparé ni par ma naissance ni par mon éducation à être courtisan, j'étais si mauvais juge en la
matière que je ne sus discerner la douceur ni la bien-

veillance de la sentence qui me frappait. J'avais l'impression (trompeuse peut-être) qu'elle n'était pas si douce que cela. L'idée m'effleura d'abord de laisser mon procès avoir lieu. Car si les faits reprochés aux différents articles étaient patents, j'espérais, en tout cas, pouvoir plaider les circonstances atténuantes. Mais comme j'avais, dans ma vie, suivi de près le déroulement de plusieurs procès politiques, et remarqué que les sentences y étaient toujours celles que les juges avaient d'avance en tête, je n'osai pas m'en tenir à une décision si risquée en des circonstances si critiques, et en face d'ennemis si puissants. J'eus un moment la tentation de faire un coup de force ; et certes, tant que j'avais ma liberté de mouvement, toute l'armée du Royaume n'eût pas suffi à me réduire et il m'aurait été très facile de démolir à coups de pierres toute leur capitale. Mais je rejetai ce projet avec horreur, me rappelant le serment que j'avais fait à l'Empereur, les faveurs que j'avais reçues de lui, et ce haut titre de *Nardac* qu'il m'avait conféré. Et puis je n'avais pas appris si vite la gratitude courtisane : je ne pouvais me persuader qu'à cause des rigueurs présentes de Sa Majesté, j'étais quitte de toute obligation envers Elle.

La décision que je pris en fin de compte me vaudra sans doute quelques reproches, qui ne seront pas immérités ; car, je le confesse, ce fut par un effet de mon irréflexion et de mon manque d'expérience que je choisis de sauver mes yeux, et par conséquent ma liberté. De fait, si j'avais su alors à quoi il fallait s'attendre, avec les princes et les ministres, tels que je les ai observés plus tard dans d'autres Cours, si j'avais su quels traitements ils savent infliger à des criminels moins haïssables que moi, je me serais aussitôt sou-

mis, et avec joie, à une peine si douce. Mais je me laissai emporter par la fougue de la jeunesse, et comme
j'avais l'autorisation de Sa Majesté de rendre visite à
l'Empereur de Blefuscu, je voulus mettre cette chance
à profit dans les trois jours qui précédaient mon exécution. J'envoyai donc une lettre à mon ami le Secrétaire,
lui annonçant que je partais le matin même pour Blefuscu, ainsi que j'en avais la permission. Sans attendre
la réponse, je me dirigeai vers le point de la côte où
était notre flotte. Je choisis un gros vaisseau de guerre,
attachai un câble à sa proue, sortis de l'eau ses ancres,
et après m'être dévêtu, le chargeai de mes habits, ainsi
que de mon couvre-lit que j'avais emporté sous mon
bras. Puis tantôt marchant dans l'eau, tantôt nageant,
je le remorquai jusqu'au port royal de Blefuscu, où la
foule m'attendait depuis un grand moment. On me
donna deux guides pour me conduire jusqu'à la capitale (qui porte le même nom que l'île) ; je les pris dans
mes mains jusqu'à cent toises des portes de la ville, où
je les priai d'aller annoncer mon arrivée à un des
Secrétaires d'Etat, et de lui faire savoir que j'attendrais
sur place les ordres de Sa Majesté. On me fit répondre,
une heure plus tard, que Sa Majesté, accompagnée de
la famille royale et des grands officiers de la Cour,
avait quitté le palais pour venir me recevoir. Je fis à
leur rencontre une centaine de yards : l'Empereur et
son escorte descendirent de cheval, l'Impératrice et ses
suivantes de leur carrosse, sans montrer à ma vue ni
frayeur ni appréhension. Je m'étendis à terre pour baiser la main de l'Empereur et celle de l'Impératrice, et
dis à Sa Majesté que j'étais venu selon ma promesse, et
avec le consentement de mon Maître et Empereur,
pour avoir l'honneur de voir un monarque si puissant

et lui offrir tous les services que je pourrais lui rendre et que me permettrait son allégeance à mon propre suzerain. Mais de ma disgrâce, je ne dis mot ; car je n'en avais pas eu jusque-là la notification officielle, et pouvais faire comme si je n'en savais rien. L'idée ne m'effleurait même pas d'ailleurs que l'Empereur irait en révéler le secret tant que je serais hors de sa portée ; ce en quoi je vis bientôt que je m'étais trompé.

Je n'ennuierai pas le lecteur par une description minutieuse de ma réception à la Cour, qui fut digne en tout point de la générosité d'un si grand monarque. Passons aussi sur l'embarras où je fus de n'avoir ni toit ni couche, et de devoir dormir sur le sol, enroulé dans mon couvre-lit.

Chapitre VIII

L'auteur, par un heureux hasard, trouve le moyen de quitter Blefuscu et, après quelques difficultés, retourne sain et sauf dans sa patrie.

Trois jours après mon arrivée, je me promenais par curiosité le long de la côte nord-ouest de l'île, quand j'aperçus dans la mer, à une demi-lieue environ, quelque chose qui ressemblait à un bateau retourné. Ayant retiré mes bas et mes souliers, et m'étant avancé de deux ou trois cents yards dans la mer avec de l'eau jusqu'à mi-jambes, je vis l'objet se rapprocher de plus en plus, poussé par la marée, et je distinguai alors très nettement que c'était une chaloupe de gros navire, probablement jetée à la mer par un coup de vent. Là-dessus je retournai en hâte à la ville, et priai Sa Majesté de bien vouloir mettre à ma disposition vingt des plus grosses unités que comptait encore sa flotte et trois mille marins sous la conduite du Vice-Amiral. Cette escadre fit voile autour de l'île tandis que je regagnais par le plus court chemin le point de la côte où j'avais aperçu la chaloupe, et je constatai que la marée l'avait encore rapprochée. Les câbles qu'emportaient les marins avaient la force voulue : je les avais tressés moi-même à l'avance. Quand les navires eurent rallié, j'entrai dans l'eau. Je pus marcher jusqu'à cent yards de l'épave, après quoi je dus me mettre à la nage. Les marins me lancèrent alors une corde dont je passai un bout par un trou situé à l'avant de la chaloupe et attachai l'autre à un vaisseau de guerre. Mais tant que je n'avais pas pied, je ne pouvais pas grand-chose et perdais beaucoup de mes efforts. J'en étais réduit à nager derrière la chaloupe en lui donnant de temps en temps une poussée. Cependant la marée me ramenait peu à peu vers les hauts-fonds de la côte ; je sentis enfin le sol sous mes pieds, et me reposai deux ou trois minutes, avec de l'eau jusqu'au menton. Encore quelques poussées à la chaloupe, et l'eau ne m'atteignit plus que jusqu'aux aisselles.

Le plus dur était fait. Je pris alors sur le vaisseau qui les transportait neuf autres câbles que je fixai à la chaloupe. Je pus ainsi la faire remorquer par une dizaine des navires qui étaient à ma disposition. Le vent était alors favorable ; les marins tiraient, moi je poussais, et nous parvînmes ainsi à quarante yards du rivage. Il nous suffisait d'attendre que la marée baissât, pour que le bateau se retrouvât à sec. Avec l'aide de deux mille hommes, et à grand renfort de cordes et de palans, je le remis sur sa quille. Je constatai alors qu'il était en assez bon état.

Je ne vais pas raconter au lecteur tout le mal que j'eus, d'abord à me fabriquer des avirons, qui me coûtèrent dix jours de travail, puis à rentrer par mer dans le port de Blefuscu, où la vue d'un bateau si prodigieusement grand emplit d'émerveillement les foules accourues au spectacle de mon arrivée. Ma bonne for-

tune, qui m'avait envoyé ce bateau, dis-je plus tard à l'Empereur, voulait me ramener à quelque bord, d'où je puisse ensuite retourner dans ma patrie ; je le suppliai donc de bien vouloir me fournir l'équipement nécessaire, et de m'autoriser à prendre congé, ce qu'après quelques protestations fort courtoises, il se plut à m'accorder.

A ma grande surprise tout ce temps avait passé sans que l'Empereur de Lilliput eût soufflé mot de moi à la Cour de Blefuscu. Je ne sus que plus tard la cause de son silence : Sa Majesté Impériale, bien loin de soupçonner que j'avais eu vent de ses projets, me croyait simplement parti pour tenir ma promesse, comme il m'y avait autorisé (et comme la Cour le savait fort bien). Il pensait donc que j'allais revenir au bout de quelques jours, une fois la formalité remplie. Mais il finit par s'inquiéter de ma longue absence, et, sur l'avis du Trésorier et de toute sa camarilla, il dépêcha à Blefuscu un haut personnage, avec la copie de l'acte d'accusation dressé contre moi. Ce messager avait mission de faire valoir auprès du monarque la grande générosité de son maître, qui ne voulait pas m'infliger d'autre peine que la perte de mes yeux, de me représenter comme un contumax, et de le prévenir que si je ne revenais pas dans les deux heures je serais déclaré coupable de haute trahison et privé de mon titre de *Nardac*. Il ajouta que, dans l'intérêt de la paix et de l'amitié entre les deux Empires, son maître espérait que son frère de Blefuscu donnerait l'ordre de me ramener à Lilliput, pieds et poings liés, pour y recevoir mon châtiment.

L'Empereur de Blefuscu mit l'affaire en délibéré pendant trois jours ; puis il envoya une lettre pleine de civilités et de bonnes raisons : on ne pouvait, disait-il, songer à me renvoyer ligoté, son frère n'ignorait pas que c'était irréalisable. J'avais d'autre part de grands titres à sa gratitude, bien que je l'eusse privé de sa flotte, pour tous les bons offices que je lui avais rendus au moment du traité de paix. D'ailleurs ils allaient bientôt pouvoir respirer l'un et l'autre, car j'avais découvert sur le rivage un vaisseau prodigieusement grand et capable de me porter sur la mer. Il faisait remettre ce navire en état, avec mon aide et selon mes directives ; il espérait donc que, dans quelques semaines, les deux Empires seraient débarrassés de la charge intolérable que j'étais pour eux.

Le messager s'en retourna à Lilliput avec cette réponse et l'Empereur de Blefuscu me mit au courant de toute l'affaire. En même temps et en très grand secret, il m'offrit sa gracieuse protection, si je voulais rester à son service. Bien qu'il me parût sincère à ce moment-là, j'étais bien résolu à ne plus jamais me remettre entre les mains d'un prince ou d'un ministre tant que je n'y serais pas absolument forcé. Aussi, tout en le remerciant beaucoup de cette marque de faveur, je le priai humblement de m'excuser. Puisque le sort, pour mon salut, ou pour ma perte, avait voulu que je trouvasse une embarcation, j'étais résolu (lui dis-je) à m'aventurer sur les flots, plutôt que d'être le sujet d'un différend entre deux si puissants monarques. L'Empereur ne m'en parut pas du tout fâché, et je sus plus tard qu'il avait été fort aise de ma résolution, ainsi que la plupart de ses Ministres.

Ces considérations me poussèrent à avancer quelque peu la date de mon embarquement, et la Cour, impatiente de me voir partir, me prêta toute l'aide désirable. Cinq cents ouvriers travaillèrent sous ma direction à confectionner les deux voiles de mon bateau, en treize épaisseurs de leur toile la plus forte. Je me chargeai moi-même du très gros travail des cordages et tressai ensemble dix, vingt ou trente de leurs câbles les plus épais. J'utilisai comme ancre une très lourde pierre que j'eus la chance de découvrir sur la côte, après une longue recherche ; et j'eus besoin du suif de trois cents bœufs pour graisser mon bateau et pour

divers usages. Le plus dur fut d'abattre les arbres, choisis parmi les plus grands du pays, qui devaient fournir les mâts et les rames. Mais dans ce travail je fus efficacement secondé par les charpentiers de la marine royale, qui mettaient partout la dernière main, ne me laissant que le gros œuvre.

Quand tout fut prêt, au bout d'un mois, je fis dire a Sa Majesté que je n'attendais plus que ses ordres pour prendre congé d'Elle. L'Empereur sortit du Palais, accompagné de la famille royale. Je m'étendis a terre pour baiser la main qu'il daigna me tendre, comme firent après lui l'Impératrice et les jeunes Princes du sang. Sa Majesté me fit présent de cinquante bourses contenant chacune deux cents *sprugs,* ainsi que de son portrait en pied que je mis aussitôt dans mon gant, pour être sûr de ne pas l'abîmer. Les cérémonies d'adieu furent trop compliquées pour que j'en impose le récit complet au lecteur.

J'embarquai sur ma chaloupe la viande de cent bœufs et de trois cents moutons et autant de plats préparés que purent en fournir quatre cents cuisiniers. Je pris aussi avec moi six vaches et deux taureaux vivants, et un nombre égal de brebis et de béliers, car je voulais en introduire l'élevage dans mon pays. Pour les nourrir à bord, j'avais une botte de foin et un sac de grain. J'aurais volontiers emmené aussi une douzaine d'habitants du pays, mais l'Empereur s'y opposa formellement : en plus d'une fouille scrupuleuse de mes poches, Sa Majesté exigea de moi le serment de ne prendre à bord aucun de ses sujets, même s'ils y consentaient ou m'en faisaient la demande.

Après avoir tout préparé du mieux que je pus, je mis à la voile le vingt-quatre septembre mil sept cent un, à six heures du matin. J'avais parcouru environ quatre lieues plein nord, le vent soufflant du sud-est, lorsque vers six heures du soir j'aperçus une petite île à une demi-lieue au nord-ouest. Je mis le cap dessus et jetai l'ancre sous le vent à l'île, qui paraissait inhabitée. J'y pris un léger repas, et m'allai reposer. Je dormis bien et au moins pendant six heures, me sembla-t-il, car le jour se leva deux heures après mon réveil. La nuit était claire ; je déjeunai, puis levai l'ancre. Le vent était toujours favorable, et je fis route dans la même direction que la veille, m'orientant grâce à ma boussole. Mon dessein était d'atteindre, si je le pouvais, une de ces îles que j'avais quelque raison de croire situées au nord-est de la terre Van Diemen. Je naviguai tout le jour sans rien voir, mais le lendemain, vers trois heures de l'après-midi, étant, d'après mes calculs, à environ vingt-quatre lieues de Blefuscu, j'aperçus une voile faisant route vers le sud-est. (J'allais moi-même droit vers l'est.) Je hélai le navire, mais sans obtenir de réponse ; cependant, je vis bientôt que je m'en rapprochais, car le vent mollissait. Je mis tout ce que j'avais de voiles et une demi-heure plus tard on m'aperçut. Le navire tira un coup de canon et hissa son pavillon. La joie que je ressentis à me dire tout à coup que j'allais revoir mon pays bien-aimé et les êtres chers que j'y avais laissés, était vraiment inexprimable. Le navire mollit les voiles, et je l'abordai entre cinq et six heures du soir, le vingt-six septembre. A la vue du pavillon britannique je sentis battre mon cœur. Je mis dans les poches de mon habit mes vaches et mes moutons et montai à bord avec toute ma petite cargaison de vivres. Le vaisseau était un marchand anglais, qui revenait du Japon par la route maritime nord-sud, sous les ordres du capitaine John Biddel, de Deptford, un homme des plus courtois et un excellent marin. Nous nous trouvions alors par trente degrés de latitude Sud, et il y avait à bord environ cinquante hommes, parmi lesquels je retrouvai un vieux camarade, nommé Peter Williams, qui me recommanda chaleureusement au capitaine. Celui-ci se montra donc très aimable et me pria de lui dire d'où je venais et où je comptais me rendre. Je fis donc un bref récit de mes aventures, mais il crut que je divaguais et que les dangers que j'avais courus m'avaient dérangé la tête. Sur quoi je tirai de ma poche mes moutons et mes vaches noires, qui l'emplirent d'étonnement mais le convainquirent aussi de ma véracité. Ensuite je lui montrai l'or que m'avait donné l'Empereur de Blefuscu, et le portrait en pied de

Sa Majesté, ainsi que d'autres curiosités de ce pays. Je lui donnai deux bourses de deux cents *sprugs* et promis qu'à mon arrivée en Angleterre, je lui ferai présent d'une vache et d'une brebis pleines.

J'épargnerai au lecteur le récit détaillé de ce voyage, qui fut dans l'ensemble très heureux. Nous arrivâmes en vue des Downs le treize avril mil sept cent deux. Le seul incident fâcheux fut la perte d'une brebis, que les rats du bord m'enlevèrent et dont je retrouvai la carcasse dans un trou nettoyée jusqu'à l'os. Mais je débarquai sans encombre toutes mes autres pièces de bétail, et les mis à paître sur le boulingrin de Greenwich, où elles se mirent à brouter de fort bon appétit, contrairement à mes appréhensions, car le gazon est là d'une finesse extrême ; elles n'auraient probablement pas supporté la fatigue de leur très long voyage, si le capitaine ne m'avait donné de ses meilleurs biscuits, qui, réduits en poudre et délayés dans de l'eau, furent leur seule nourriture à bord.

Pendant le peu de temps que je passai en Angleterre, je gagnai des sommes considérables à montrer mes petits animaux aux gens de qualité et autres amateurs ; et, avant d'entreprendre mon deuxième grand voyage, je les vendis six cents livres. À mon dernier retour, j'ai trouvé que leur nombre s'était considérablement accru, surtout celui des moutons dont j'espère qu'ils seront d'un grand profit pour nos manufactures, à cause de la finesse de leur toison.

Je ne restai que deux mois avec ma femme et ma famille : mon insatiable goût des voyages ne me laissa pas un plus long repos. Je laissai à ma femme quinze cents livres sterling, et l'établis dans une bonne maison à Redriff. J'emportai avec moi le reste de ma fortune, tant en argent qu'en marchandises, dans l'espoir de m'enrichir un peu. Le plus âgé de mes oncles, John, m'avait laissé des terres près d'Epping, qui rapportaient trente livres de rente ; à Fetter Lane j'avais en bail à long terme l'auberge du Taureau Noir qui en donnait autant ; aussi je ne craignais pas de laisser ma famille en charge à la Paroisse. Mon fils, qui s'appelle Johnny, comme son grand-oncle, allait au collège et se montrait fort docile ; ma fille Betty (qui fit depuis un bon mariage et qui est mère de famille) apprenait alors à coudre et à broder. Je fis mes adieux à ma femme, à mon fils et à ma fille, et il y eut quelques pleurs versés des deux côtés ; puis je m'embarquai sur l'*Aventure,* marchand de trois cents tonneaux, en partance pour Sourât, sous le commandement du capitaine John Nicholas, de Liverpool.

Ainsi s'achève le premier Voyage de Gulliver. *Mais ses aventures ne sont pas terminées. Après avoir quitté Lilliput, il se retrouve minuscule à son tour, à Brobdingnag, habité par des géants. Il visite ensuite l'île volante de Laputa et Lagado, un autre continent. Le quatrième voyage au pays des Houyhnhnms le conduira auprès de chevaux qui règnent sur l'espèce humaine, représentée par les Yahoos.*

Découvrez
d'autres textes **inoubliables**
———————
dans la collection

ROBINSON CRUSOÉ
Daniel Defoe
folio junior n° 626

Assoiffé d'aventures, le jeune Robinson Crusoé fait fi des conseils paternels et s'embarque à bord d'un vaisseau. Le matelot en herbe a alors dix-neuf ans. De naufrage en captivité, de captivité en évasion, le jeune Anglais va se retrouver au Brésil, d'où son goût de l'aventure le chasse à nouveau, cette fois-ci vers les côtes de Guinée. Voyage que Robinson n'achèvera jamais car un naufrage le jette, seul survivant, sur le rivage d'une île déserte...

L'APPEL DE LA FORÊT

Jack London

folio junior n° 431

Fort et majestueux comme son père le terre-neuve Elno, intelligent et racé comme sa mère Sheps, ravissante colley d'Écosse, Buck est un chien remarquable. Admiré par tous et choyé par son maître, Buck n'a vraiment pas de raison de se méfier des humains. Un homme va pourtant l'arracher par ruse à son foyer; un autre va lui enseigner la dure loi du plus fort. Devenu chien de traîneau, Buck découvre le froid, la violence, l'effort et le goût du sang. Des rivalités déchirent la meute dont il fait maintenant partie. Alors que Buck s'éloigne de la civilisation, une voix venue de la forêt éveille dans sa mémoire l'appel de la nature, puissant, irrésistible..

LE LION

Jospeh Kessel

folio junior n° 442

Le grand Parc Royal s'étend au pied du Kilimandjaro, au Kenya. Patricia, dix ans, vit en toute familiarité avec les bêtes sauvages peuplant ce vaste territoire. Le maître de la savane en personne, le lion King, se transforme avec elle en gros chat débonnaire et caressant! Il est vrai que Patricia, fille de John Bullit, grand chasseur repenti et gouverneur de la réserve, a recueilli et nourri King au biberon, alors qu'il n'était qu'un lionceau aveugle et sans défense. Mais le parc est traversé par les fiers guerriers masaïs. Et le plus orgueilleux d'entre eux, le jeune et vigoureux Oriounga, n'a qu'un rêve : affronter le grand lion…

LES MALHEURS DE SOPHIE

Comtesse de Ségur

folio junior n° 496

Sophie est une petite fille vive, espiègle et un peu capri-
cieuse. Elle n'en fait qu'à sa tête et, du coup, accumule les
bêtises et les malheurs. Son cousin Paul, fidèle compagnon
de jeux, lui mettra-t-il un peu de sagesse dans la tête ?

LETTRES DE MON MOULIN

Alphonse Daudet

folio junior n° 450

C'est « un moulin à vent et à farine, sis au plein cœur de
Provence, sur une côte boisée de pins et de chênes verts,
abandonné depuis plus de vingt années ». C'est là qu'Al-
phonse Daudet va écrire ses contes fantastiques et drola-
tiques, aux personnages hauts en couleur… C'est la Provence d'hier, ses parfums et ses traditions qu'il fait entrer à
tout jamais dans la littérature française.

Loi n° 49-956 du 16 juillet 1949
sur les publications destinées à la jeunesse
ISBN 978-2-07-062449-2
N° d'édition : 319412
Premier dépôt légal dans la même collection : novembre 1991
Dépôt légal : mars 2017
Imprimé en Espagne par Novoprint (Barcelone)